Kodansha K・K bunko

はたらく細胞

映画
ノベライズ

原作／清水 茜
原田重光・初嘉屋一生
脚本／徳永友一　文／時海結以

もくじ

1章《しょう》

ここは人間《にんげん》の体《からだ》の中《なか》。

この体《からだ》の中《なか》に、細胞《さいぼう》という小《ちい》さなものたちが、たくさんたくさん住《す》んでいて、いろいろな仕事《しごと》をしている。

人間《にんげん》の体内《たいない》で生《い》きる細胞《さいぼう》の数《かず》は、約《やく》三十七兆個《ちょうこ》。三十七万個《まんこ》の一億倍《おくばい》だ。

細胞《さいぼう》の種類《しゅるい》によって、それぞれの役割《やくわり》がある。

たとえば、酸素《さんそ》を運《はこ》ぶ係《かかり》は赤血球《せっけっきゅう》。人間《にんげん》の体《からだ》の中《なか》を街《まち》のようなものだと想像《そうぞう》したら、酸《さん》素《そ》ボンベの入《はい》った箱《はこ》を、配達員《はいたついん》の制服《せいふく》を着《き》た赤血球《せっけっきゅう》が、道《みち》や通路《つうろ》に当《あ》たる血管《けっかん》を歩《ある》いて運《はこ》んでいる。酸素《さんそ》は細胞《さいぼう》が生《い》きるのに必要《ひつよう》なものだ。

体《からだ》の中《なか》に入《はい》ってきた悪《わる》いモンスターと戦《たたか》う係《かかり》は白血球《はっけっきゅう》。なかでも好中球《こうちゅうきゅう》と呼《よ》ばれる白血《はっけっ》球《きゅう》の仲間《なかま》は血管《けっかん》の通路《つうろ》をパトロールし、見《み》つけた悪《わる》いやつと戦《たたか》って街《まち》を守《まも》る、警察官《けいさつかん》のような役割《やくわり》だ。

このような敵《てき》と戦《たたか》う細胞《さいぼう》たちを免疫細胞《めんえきさいぼう》と呼《よ》ぶ。

人間《にんげん》の体《からだ》には、細胞《さいぼう》の赤《あか》ちゃんが生《う》まれる場所《ばしょ》も、細胞《さいぼう》の子《こ》どもが育《そだ》つ保育園《ほいくえん》や学校《がっこう》もある。

ここは赤色骨髄《せきしょくこつずい》。大《おお》きく太《ふと》い骨《ほね》の中《なか》にある。人間《にんげん》の世界《せかい》でたとえるなら、堅《かた》くて高《たか》くて破《やぶ》られない山脈《さんみゃく》にかこまれた、美《うつく》しい花畑《はなばたけ》にそびえる城郭《じょうかく》や宮殿《きゅうでん》のようなイメージだ。

この赤色骨髄《せきしょくこつずい》——仮《かり》に、「骨髄学園《こつずいがくえん》」と呼《よ》ぶ——で赤血球《せっけっきゅう》や白血球《はっけっきゅう》などの血球《けっきゅう》たちが生《う》まれ、幼少時代《ようしょうじだい》を過《す》ごす。まさに、血球《けっきゅう》たちの故郷《ふるさと》だ。

荘厳《そうごん》な聖堂《せいどう》のような一室《しつ》に、人間《にんげん》でたとえるなら看護師《かんごし》のような姿《すがた》をした造血幹細胞《ぞうけつかんさいぼう》たちが、産出装置《さんしゅつそうち》から生《う》まれたばかりの血球《けっきゅう》の赤《あか》ちゃんをだいて次々《つぎつぎ》にやってくる。

祭壇《さいだん》の前《まえ》で待《ま》っている「骨髄学園《こつずいがくえん》」の校長先生《こうちょうせんせい》——人間《にんげん》でたとえるなら女子修道院《じょししゅうどういん》の位《くらい》の高《たか》い尼僧様《にそうさま》のような姿《すがた》——に赤《あか》ちゃんを見《み》せ、校長先生《こうちょうせんせい》が赤《あか》ちゃんの将来《しょうらい》の仕事《しごと》を決《き》めて、仕事別《しごとべつ》で決《き》まっている保育園《ほいくえん》へとふり分《わ》けてゆく。

将来赤血球《しょうらいせっけっきゅう》になる赤《あか》ちゃんは、赤芽球《せきがきゅう》と呼《よ》ばれる子《こ》どもの細胞《さいぼう》に成長《せいちょう》し、赤《あか》いポンポンのついた赤《あか》い帽子《ぼうし》をかぶった制服姿《せいふくすがた》になる。このポンポンには「核《かく》」という名前《なまえ》がついている。

保育園《ほいくえん》で赤芽球《せきがきゅう》たちを育成《いくせい》するのは、白《しろ》いエプロンドレスの制服《せいふく》を着《き》た、マクロファージ先生《せんせい》だ。

この赤芽球《せきがきゅう》の保育園《ほいくえん》に、ちょっぴり……いや、かなりドジな赤毛《あかげ》の女《おんな》の子《こ》がいた。細胞《さいぼう》に名前《なまえ》はないけれど、この子《こ》の帽子《ぼうし》には「AE3803《エーイー》」と番号《ばんごう》の書《か》かれたバッジがついていた。

「AE3803《エーイー》」の赤芽球《せきがきゅう》は今日《きょう》も元気《げんき》に、マクロファージ先生《せんせい》やクラスの仲間《なかま》たちと過《す》ごしていた。

「みなさーん、それでは酸素《さんそ》を運《はこ》ぶ練習《れんしゅう》をしましょう。」

「はーい！」

教室《きょうしつ》の前《まえ》に積《つ》んである小《ちい》さな箱《はこ》を、ひとり一つずつかかえた赤芽球《せきがきゅう》たちがいっせいに駆《か》けだし、建物中《たてものじゅう》へ散《ち》らばった。

赤芽球《せきがきゅう》も、先生《せんせい》から「ありがとう。」と受《う》け取《と》った箱《はこ》をかかえて出発《しゅっぱつ》した。けれど、配《はい》達《たつ》したい相手《あいて》には、もうほかの赤芽球《せきがきゅう》が箱《はこ》を手《て》わたしている。

どうしよう、どうしよう、と相手《あいて》をさがしてうろうろするうちに、学園《がくえん》の敷地《しきち》の端《はし》にある知《し》らない建物《たてもの》へ迷《まよ》いこんでしまった。

がらんとしていて、だれもいない。

「あれ？　あれ……？」

ここはどこ……だれかいないの？　と、心細《こころぼそ》くなり、赤芽球《せきがきゅう》は先生《せんせい》を呼《よ》んだ。

「マクロファージ先生《せんせい》ー？」

自分《じぶん》の声《こえ》がむなしくひびくだけで、いくら呼《よ》んでも返事《へんじ》がない。赤芽球《せきがきゅう》は言《い》いようのない不安《ふあん》におそわれ、うずくまってしくしくと泣《な》きだした。

そのとき、何者《なにもの》かが背後《はいご》から声《こえ》をかけてきた。

「君《きみ》、こんなところで何《なに》してるの？」

おじさんのような、低《ひく》くにごった声《こえ》だ。

びっくりした赤芽球《せきがきゅう》がふり返《かえ》ると、そこには恐《おそ》ろしい姿《すがた》のモンスターがいた。先端《せんたん》に鋭《するど》い鉤《かぎ》のついた長《なが》い触手《しょくしゅ》が一本《ぽん》、頭《あたま》の後《うし》ろから伸《の》び、両腕《りょううで》の先《さき》にも大《おお》きな鉤《かぎ》が生《は》えていて、口《くち》から牙《きば》がのぞくモンスターだ。

あまりの恐怖《きょうふ》に声《こえ》も出《で》ず、動《うご》くこともできない赤芽球《せきがきゅう》に、モンスターはうれしそうに笑《わら》って言《い》った。

「あーららら。俺様《おれさま》の名《な》は化膿《かのう》レンサ球菌《きゅうきん》。血球《けっきゅう》をいじめるのが大好《だいす》きなんだーっ。」

化膿《かのう》レンサ球菌《きゅうきん》は、毒《どく》で赤血球《せっけっきゅう》を壊《こわ》す細菌《さいきん》モンスターだ。毒《どく》を持《も》つ鉤《かぎ》に刺《さ》されたら、赤《せっ》血球《けっきゅう》や、その子《こ》ども時代《じだい》の姿《すがた》である赤芽球《せきがきゅう》はたちまち壊《こわ》れてしまう。

なかには「人食《ひとく》いバクテリア」というあだ名《な》を持《も》ち、数日《すうじつ》で人間《にんげん》の細胞《さいぼう》を破壊《はかい》しつくして、その人間《にんげん》そのものを死《し》なせてしまうものすらある。

そんな知識《ちしき》はない幼《おさな》い赤芽球《せきがきゅう》にも、このモンスターにやられたらおしまいだと、直感《ちょっかん》でわかった。

悲鳴《ひめい》をあげ、逃《に》げようとした赤芽球《せきがきゅう》は、あっという間《ま》に足《あし》がもつれて転《ころ》んだ。

絶望《ぜつぼう》で目《め》の前《まえ》が真《ま》っ暗《くら》になった赤芽球《せきがきゅう》の耳《みみ》に、幼《おさな》い少年《しょうねん》のいさましい声《こえ》が届《とど》いた。

「こーげん、はっけん！」

ふりむくと、赤芽球《せきがきゅう》をかばうようにして、真《ま》っ白《しろ》な服《ふく》を着《き》た白《しろ》い髪《かみ》の男《おとこ》の子《こ》が、ナイフを手《て》にして飛《と》びこんできた。人間《にんげん》でたとえるなら、保育園児《ほいくえんじ》の赤芽球《せきがきゅう》より少《すこ》し年上《としうえ》、小学《しょうがっ》校低学年《こうていがくねん》くらいだ。

前髪《まえがみ》で右目《みぎめ》が隠《かく》れぎみの少年《しょうねん》の帽子《ぼうし》には大《おお》きく「骨髄球《こつずいきゅう》」と書《か》いてある。帽子《ぼうし》に識別番《しきべつばん》号札《ごうふだ》もついているけれど、赤芽球《せきがきゅう》に読《よ》む余裕《よゆう》はない。

赤芽球《せきがきゅう》と化膿《かのう》レンサ球菌《きゅうきん》のあいだに割《わ》って入《はい》り、身《み》がまえる少年《しょうねん》——骨髄球《こつずいきゅう》を化膿《かのう》レンサ球菌《きゅうきん》はバカにしたように笑《わら》った。

「わーっはははははーっ。白血球《はっけっきゅう》のタマゴが、俺様《おれさま》を殺《ころ》すのか？」

骨髄球《こつずいきゅう》は将来白血球《しょうらいはっけっきゅう》になるよう、学校《がっこう》で戦闘訓練《せんとうくんれん》を受《う》けている最中《さいちゅう》だ。骨髄球《こつずいきゅう》が赤芽球《せきがきゅう》をふり返《かえ》り、さけんだ。

「ここはオレが守《まも》る。オレは立派《りっぱ》な白血球《はっけっきゅう》になるんだ！」

骨髄球《こつずいきゅう》はナイフをふりかざし、化膿《かのう》レンサ球菌《きゅうきん》へ連続攻撃《れんぞくこうげき》をくりだした。何度《なんど》も何度《なんど》もすばやく斬《き》りつける。

「あぁぁぁぁぁっ。」

と、おおげさによろめいた化膿《かのう》レンサ球菌《きゅうきん》は、がば、と体勢《たいせい》を立《た》てなおして、骨髄球《こつずいきゅう》の鼻《はな》先《さき》を、つん、と触手《しょくしゅ》の鉤《かぎ》で軽《かる》くつつく。

一瞬《いっしゅん》とまどった骨髄球《こつずいきゅう》の手《て》のナイフを鉤《かぎ》で弾《はじ》きとばすと、横《よこ》っ腹《ぱら》を触手《しょくしゅ》でなぎはらった。ナイフは訓練用《くんれんよう》の模擬《もぎ》ナイフで、何《なに》かを斬《き》れるような刃《は》ではなかったのだ。

骨髄球《こつずいきゅう》は大《おお》きく吹《ふ》っ飛《と》ばされ、床《ゆか》にたたきつけられる。

「おにいちゃん！」

赤芽球《せきがきゅう》は悲鳴《ひめい》のような声《こえ》で骨髄球《こつずいきゅう》を呼《よ》んだ。骨髄球《こつずいきゅう》がうめきながら起《お》きあがろうとする。

それをにらみ、化膿《かのう》レンサ球菌《きゅうきん》がいじわるそうに言《い》い放《はな》った。

「俺《おれ》、生意気《なまいき》なヤツ、大嫌《だいきら》い!!」

どうにか立《た》ちあがり、赤芽球《せきがきゅう》を全身《ぜんしん》でかばう骨髄球《こつずいきゅう》に、化膿《かのう》レンサ球菌《きゅうきん》の毒《どく》の鉤《かぎ》がおそいかかる——ぎりぎりで鉤《かぎ》がそれ、ドサッと音《おと》を立《た》てて化膿《かのう》レンサ球菌《きゅうきん》が床《ゆか》に倒《たお》れた。

「もう大丈夫《だいじょうぶ》だぞ。」

たのもしい声《こえ》がした。倒《たお》れた化膿《かのう》レンサ球菌《きゅうきん》の後《うし》ろに立《た》っていたのは、白血球《はっけっきゅう》と書《か》かれた帽子《ぼうし》をかぶった、白《しろ》い戦闘服《せんとうふく》の男《おとこ》の人《ひと》だった。骨髄球《こつずいきゅう》の模擬《もぎ》ナイフよりもずっと大《おお》きく、鋭《するど》く光《ひか》る刃《は》のついた戦闘用《せんとうよう》ナイフを握《にぎ》っている。

「好中球先生《こうちゅうきゅうせんせい》！」

骨髄球《こつずいきゅう》がほっとした顔《かお》になる。どうやら、骨髄球《こつずいきゅう》の先生《せんせい》らしい。扉《とびら》が開《あ》いて、マクロファージ先生《せんせい》も駆《か》けつけてきた。

「よかったぁ。心配《しんぱい》したのよぉ。」

マクロファージ先生《せんせい》にだきしめられて、安心《あんしん》した赤芽球《せきがきゅう》はわんわん泣《な》いた。

「あらあら、泣《な》かないの。さあ、教室《きょうしつ》にもどりましょう。」

幼《おさな》かった赤芽球《せきがきゅう》はその後《ご》、学校《がっこう》で酸素《さんそ》を運《はこ》ぶ訓練《くんれん》にさらにはげみ、体《からだ》も大《おお》きく成長《せいちょう》して、赤芽球《せきがきゅう》からの卒業《そつぎょう》の日《ひ》をむかえた。この日《ひ》、赤芽球《せきがきゅう》は脱核《だっかく》する。

聖堂《せいどう》の祭壇《さいだん》の前《まえ》に整列《せいれつ》した赤芽球《せきがきゅう》たちに、祭壇《さいだん》の上《うえ》から校長先生《こうちょうせんせい》が語《かた》りかける。

「脱核《だっかく》おめでとうございます。今日《きょう》からあなたたちは赤血球《せっけっきゅう》となり、肺《はい》で酸素《さんそ》を受《う》け取《と》って、体中《からだじゅう》の細胞《さいぼう》に届《とど》けることになります。」

校長先生《こうちょうせんせい》の祝辞《しゅくじ》が終《お》わると、赤芽球《せきがきゅう》たちはひとりずつマクロファージ先生《せんせい》のもとへ進《すす》み出《で》て、帽子《ぼうし》の赤《あか》いポンポン——核《かく》をむしりとってもらう。これが脱核《だっかく》だ。

赤芽球《せきがきゅう》もマクロファージ先生《せんせい》の前《まえ》に進《すす》み出《で》て、頭《あたま》を下《さ》げた。

「脱核《だっかく》おめでとう。もう道《みち》に迷《まよ》わず、自分《じぶん》の使命《しめい》を全《まっと》うするのよ。」

ポン！　と核《かく》がむしりとられる。

「はい！　絶対《ぜったい》に立派《りっぱ》な赤血球《せっけっきゅう》になります！」

大人《おとな》になった赤芽球《せきがきゅう》は赤血球《せっけっきゅう》と名前《なまえ》を変《か》え、体内《たいない》をめぐってはたらきはじめる。

☆　☆　☆

そんなことが自分《じぶん》の体内《たいない》——骨《ほね》の中《なか》で行《おこな》われているとは、まったく気《き》づいていないこの体《からだ》の持《も》ち主《ぬし》がいた。
名前《なまえ》は漆崎日胡《うるしざきにこ》、高校《こうこう》二年生《ねんせい》の女子《じょし》だ。埼玉県《さいたまけん》のとある団地《だんち》の一階《かい》に、父親《ちちおや》とふたりで住《す》んでいる。

今《いま》は秋《あき》の終《お》わりで、時間《じかん》は朝《あさ》、登校前《とうこうまえ》。

朝食《ちょうしょく》を用意《ようい》し、自分《じぶん》と父親《ちちおや》ふたり分《ぶん》のお弁当《べんとう》を作《つく》りながら、日胡《にこ》は大声《おおごえ》で父親《ちちおや》を呼《よ》んだ。

「パパ？　起《お》きてー！　時間《じかん》!!」

反応《はんのう》がない。

「ったく、ホントに……。」

ため息《いき》をつきながら、日胡《にこ》はダイニングキッチンの横《よこ》のふすまを勢《いきお》いよく開《あ》ける。

「パパ！　起《お》きてって！　パパ!!　もうっ。」

和室《わしつ》で布団《ふとん》に寝《ね》ている父親《ちちおや》の、掛《か》け布団《ぶとん》をはぎとる。すると、うつぶせで寝《ね》ていた父親《ちちおや》が、ブーッ、とおならをした。おならもくさいし、部屋《へや》には酒《さけ》とタバコのにおいがしみついている。

「サイテー……。もう起《お》きて！　ねえっ、起《お》きて!!」

ここ何年《なんねん》か、毎朝《まいあさ》のようにくり返《かえ》されている光景《こうけい》だ。日胡《にこ》の母《はは》、漆崎祐子《うるしざきゆうこ》は八年前《ねんまえ》に病《びょう》気《き》で亡《な》くなった。

やっと起《お》きてきた父親《ちちおや》の漆崎茂《うるしざきしげる》は四十八歳《さい》、小《ちい》さな運送会社《うんそうがいしゃ》でトラック運転手《うんてんしゅ》をしている。運動《うんどう》の習慣《しゅうかん》はなく、ジャンクフードや味《あじ》の濃《こ》いつまみを食《た》べながら酒《さけ》を飲《の》むのが大好《だいす》きで、ちょっぴり太《ふと》りぎみだ。

「いただきます。」

と、髪《かみ》の寝癖《ねぐせ》も直《なお》さず、着替《きが》えもしないで食卓《しょくたく》についた茂《しげる》が、おかずを見《み》て日胡《にこ》にたずねた。

「なんだこれ。」

「豆腐《とうふ》スクランブル。カロリーもおさえられるヘルシー料理《りょうり》なんだよ。」

茂《しげる》がくちびるをとがらせた。

「何《なに》がヘルシーだよ。俺《おれ》は普通《ふつう》のスクランブルエッグが——。」

文句《もんく》を言《い》う茂《しげる》に、日胡《にこ》は健康診断《けんこうしんだん》の結果《けっか》を通知《つうち》した紙《かみ》を突《つ》きつけた。

「血圧《けつあつ》、血糖値《けっとうち》、尿酸値《にょうさんち》、コレステロール。全部《ぜんぶ》アウトじゃん。隠《かく》したってむだだからね。」

茂《しげる》の部屋《へや》を掃除《そうじ》していて見《み》つけたのだ。会社《かいしゃ》の命令《めいれい》で健康診断《けんこうしんだん》を受《う》けさせられたらしい。

検査《けんさ》の結果《けっか》、あらゆる項目《こうもく》が「要再検査《ようさいけんさ》」となっている。要《よう》するに「病院《びょういん》へ行《い》け」ということだ。

下《した》を向《む》く茂《しげる》に、日胡《にこ》はさらに迫《せま》った。

「要再検査《ようさいけんさ》、食生活《しょくせいかつ》の見直《みなお》しが必要《ひつよう》って、こっちが責任感《せきにんかん》じるよ。」

日胡《にこ》は茂《しげる》の体《からだ》が心配《しんぱい》なのだ。病気《びょうき》にならないか。

「ってか、パパ、この『便潜血要検査《べんせんけつようけんさ》』って何《なに》？　ヤバくない？」

ウンチに血《ち》がまじっている、ということなのだが、大腸《だいちょう》がんというおそろしい病気《びょうき》の可《か》能性《のうせい》がある。

医師《いし》に診《み》てもらわなきゃ、と本気《ほんき》で心配《しんぱい》する日胡《にこ》に、茂《しげる》は苦笑《くしょう》してみせた。

「それなら大丈夫《だいじょうぶ》だ。ただの切《き》れ痔《ぢ》だからな。」

「全然笑《ぜんぜんわら》えないし。ちゃんと病院《びょういん》行《い》ってよ。」

「はいはい。」

体《からだ》を大切《たいせつ》にするとか、健康管理《けんこうかんり》をするとか、ちっともその気《き》になりそうもない茂《しげる》に、日《に》胡《こ》はまたため息《いき》をついた。


ひともめした朝食《ちょうしょく》も済《す》み、登校《とうこう》するため日胡《にこ》は急《いそ》いで自宅《じたく》を出《で》た。

「行《い》ってきまぁす！」

よく晴《は》れた今朝《けさ》は、空気《くうき》が乾《かわ》いて冷《つめ》たい。くぼ地《ち》にある団地《だんち》の敷地《しきち》から道路《どうろ》へ階段《かいだん》を駆《か》けあがった日胡《にこ》は、のどがむずむずした。

「ごほっ……ごほごほっ。」

軽《かる》く咳《せき》が出《で》る。

☆　☆　☆

咳《せき》が出《で》たとき、日胡《にこ》の体《からだ》の中《なか》では、初《はじ》めての仕事《しごと》に出発《しゅっぱつ》した赤血球《せっけっきゅう》が張《は》り切《き》っていた。

赤《あか》い帽子《ぼうし》に「ＡＥ３８０３《エーイー》」のバッジをつけた彼女《かのじょ》はめだつ赤髪《あかがみ》ショートで、前髪《まえがみ》に一本《ぽん》、くるんと飛《と》びだしたくせっ毛《け》があった。

「二酸化炭素《にさんかたんそ》を肺《はい》に届《とど》け……酸素《さんそ》を受《う》け取《と》り、体中《からだじゅう》の細胞《さいぼう》に届《とど》ける。」

脱核《だっかく》を終《お》えて、初《はじ》めて学園《がくえん》の外《そと》に出《で》た。

門《もん》の外《そと》で待《ま》ちかまえていた先輩《せんぱい》から地図《ちず》と酸素《さんそ》ボンベを受《う》け取《と》り、指示《しじ》された場所《ばしょ》にいた細胞《さいぼう》へ配達《はいたつ》し終《お》えたところだ。

酸素《さんそ》と交換《こうかん》に細胞《さいぼう》から受《う》け取《と》った二酸化炭素《にさんかたんそ》を肺《はい》に運《はこ》ぶ。肺《はい》で二酸化炭素《にさんかたんそ》と酸素《さんそ》をまた交換《こうかん》する。これを休《やす》みなくくり返《かえ》すのが、赤血球《せっけっきゅう》の仕事《しごと》だ。

血管《けっかん》の通路《つうろ》はいつも混雑《こんざつ》している。

CO_2《シーオーツー》と書《か》かれた、二酸化炭素《にさんかたんそ》のボンベが詰《つ》まった段《だん》ボール箱《ばこ》を台車《だいしゃ》にのせ、押《お》しながら赤血球《せっけっきゅう》は地図《ちず》を広《ひろ》げて見《み》た。肺《はい》までの道順《みちじゅん》が記《しる》されている。

「できる。絶対《ぜったい》にできる！　よしっ。」

気合《きあい》を入《い》れて歩《ある》きだす……が、角《かど》をいくつか曲《ま》がったら、もう進《すす》むべき方向《ほうこう》がわからなくなった。

「あれ……？　あれ？」

キョロキョロしていると、「邪魔《じゃま》だよー。どいてどいて！」と先輩《せんぱい》の赤血球《せっけっきゅう》たちから押《お》しのけられる。

「あ、すみません！」

「危《あぶ》ねぇな、おめえは。」

道《みち》の端《はし》によけて、地図《ちず》を広《ひろ》げて確認《かくにん》し、また少《すこ》し進《すす》んだけれどどこにいるのかわからなくなってまた地図《ちず》を見《み》て……赤髪《あかがみ》の赤血球《せっけっきゅう》は、やっとゲートのようなものを見《み》つけた。

「静脈弁《じょうみゃくべん》」と屋根《やね》に看板《かんばん》が出《で》ているゲートだ。地図《ちず》によると、今赤血球《いませっけっきゅう》がいる静脈《じょうみゃく》というのは肺《はい》へ向《む》かう血管《けっかん》らしい。

「あ、あった！」

赤血球《せっけっきゅう》はそのゲートを走《はし》ってくぐろうとした。人間《にんげん》の世界《せかい》でたとえるなら、駅《えき》の改札口《かいさつぐち》のようなかんじだ。

「ここが静脈《じょうみゃく》で……。」

ブザーが鳴《な》り、ゲートが閉《と》じてしまう。

「あ……。」

「ここ一方通行《いっぽうつうこう》だぞ。」

先輩《せんぱい》の赤血球《せっけっきゅう》が、反対方向《はんたいほうこう》からゲートを通過《つうか》しながら教《おし》えてくれる。

「すみません。」

逆《ぎゃく》？　と赤血球《せっけっきゅう》がまた地図《ちず》を確認《かくにん》しようとしたとき。

悲鳴《ひめい》をあげてほかの赤血球《せっけっきゅう》たちが逃《に》げてくる。道《みち》のむこうには色《いろ》とりどりの細菌《さいきん》モンスターたちがうごめいていた。

黄色《きいろ》くて球《たま》を全身《ぜんしん》にたくさんくっつけたような姿《すがた》の細菌《さいきん》モンスターが高笑《たかわら》いする。

「あたしは黄色《おうしょく》ブドウ球菌《きゅうきん》。今日《きょう》からこの体《くに》はあたしたちのものよ！　邪魔《じゃま》な住民《じゅうみん》どもは全員殺《ぜんいんころ》してやるわ！　あはははははは。」

見覚《みおぼ》えのある化膿《かのう》レンサ球菌《きゅうきん》もいる。鉤《かぎ》のある細《ほそ》い触手《しょくしゅ》を後頭部《こうとうぶ》からたくさん生《は》やした細菌《さいきん》モンスターは「肺炎球菌《はいえんきゅうきん》」と名乗《なの》った。

細菌《さいきん》たちは手当《てあ》たり次第《しだい》に赤血球《せっけっきゅう》たちをおそいはじめる。赤血球《せっけっきゅう》も段《だん》ボール箱《ばこ》を投《な》げ捨《す》て、必死《ひっし》に逃《に》げた。

けれどたちまち行《い》き止《ど》まりの道《みち》に追《お》い詰《つ》められ、肺炎球菌数体《はいえんきゅうきんすうたい》におそいかかられた。

恐怖《きょうふ》で赤血球《せっけっきゅう》がうずくまったそのとき。

どこからともなく現《あらわ》れ、壁《かべ》を蹴《け》って宙《ちゅう》を舞《ま》い、目《め》にもとまらぬ速《はや》さで肺炎球菌《はいえんきゅうきん》どもを斬《き》りふせた白《しろ》い影《かげ》……。

赤血球《せっけっきゅう》をかばって立《た》つのは、白《しろ》い戦闘服《せんとうふく》に白《しろ》い帽子《ぼうし》、白《しろ》い前髪《まえがみ》で右目《みぎめ》が隠《かく》れぎみの青年《せいねん》だった。白《しろ》い帽子《ぼうし》には「白血球《はっけっきゅう》」と大《おお》きく書《か》かれている。

――『ここはオレが守《まも》る。』

赤芽球《せきがきゅう》だった幼《おさな》いころの赤血球《せっけっきゅう》を助《たす》けてくれた、あの少年《しょうねん》を思《おも》いださせる。

はっとなって赤血球《せっけっきゅう》は立《た》ちつくした。


「ほほほっ。こんなところにいたのね。美味《おい》しそうな子《こ》ね、食《た》べちゃいたい！」


そう言《い》って背後《はいご》から赤血球《せっけっきゅう》をおそおうとしたのは、黄色《おうしょく》ブドウ球菌《きゅうきん》だ。

ふりむくことなく白血球《はっけっきゅう》が小型《こがた》ナイフを投《な》げる。

恐怖《きょうふ》で固《かた》まる赤血球《せっけっきゅう》の体《からだ》をかすめるようにして飛《と》んだナイフは、黄色《おうしょく》ブドウ球菌《きゅうきん》の胸《むね》に命中《めいちゅう》、深《ふか》く突《つ》き立《た》った。

断末魔《だんまつま》の悲鳴《ひめい》とともに黄色《おうしょく》ブドウ球菌《きゅうきん》はゴミとなって消《き》え、石畳《いしだたみ》の地面《じめん》にはナイフが二本残《ほんのこ》される。

ゆっくりとふり返《かえ》った白血球《はっけっきゅう》は、無表情《むひょうじょう》で胸《むね》ポケットから通信機《つうしんき》を取《と》りだし、どこかへ連絡《れんらく》した。人間《にんげん》の世界《せかい》でたとえるなら、トランシーバーのような形《かたち》の通信機《つうしんき》だ。

「こちら白血球好中球課《はっけっきゅうこうちゅうきゅうか》U《ユー》－１１４６番《ばん》。侵入《しんにゅう》してきた細菌《さいきん》の駆除完了《くじょかんりょう》。」

彼《かれ》の帽子《ぼうし》につけられた識別番号札《しきべつばんごうふだ》には「１１４６」とあった。

白血球《はっけっきゅう》は赤血球《せっけっきゅう》に視線《しせん》をむけることなく、背《せ》をむけてすたすたと歩《ある》き去《さ》る。

赤血球《せっけっきゅう》は、あのときの少年《しょうねん》――骨髄球《こつずいきゅう》を思《おも》いだしていた。


――『さあ、教室《きょうしつ》にもどりましょう。』

化膿《かのう》レンサ球菌《きゅうきん》が退治《たいじ》されたあと、赤芽球《せきがきゅう》と骨髄球《こつずいきゅう》は、それぞれの先生《せんせい》に手《て》を引《ひ》かれ、右《みぎ》と左《ひだり》に分《わ》かれかけた。赤芽球《せきがきゅう》は涙《なみだ》をぬぐい、急《いそ》いで呼《よ》びかけた。

『おにいちゃん！』

骨髄球《こつずいきゅう》が足《あし》を止《と》めてふりむく。赤芽球《せきがきゅう》は骨髄球《こつずいきゅう》に歩《あゆ》みよった。

『助《たす》けてくれて、ありがとうございました。』

骨髄球《こつずいきゅう》は無言《むごん》でうつむいている。

『私《わたし》も、おっきくなったら、絶対立派《ぜったいりっぱ》な赤血球《せっけっきゅう》になる。約束《やくそく》！』

赤芽球《せきがきゅう》が右手《みぎて》の小指《こゆび》をさしだすと、骨髄球《こつずいきゅう》も照《て》れくさそうに右手《みぎて》の小指《こゆび》をさしだす。ふたりは小指《こゆび》と小指《こゆび》をからませ、指切《ゆびき》りをして、将来《しょうらい》は立派《りっぱ》なはたらく細胞《さいぼう》になると誓《ちか》いあった。


あのときの骨髄球《こつずいきゅう》と、今《いま》の白血球《はっけっきゅう》の好中球《こうちゅうきゅう》、瞳《ひとみ》の印象《いんしょう》がよく似《に》ている気《き》がする。まっすぐで迷《まよ》いのない瞳《ひとみ》……。

もしかして、と赤血球《せっけっきゅう》は白血球《はっけっきゅう》を追《お》いかけた。

あのときの骨髄球《こつずいきゅう》かどうか、あたりを警戒《けいかい》する白血球《はっけっきゅう》を赤血球《せっけっきゅう》はじーっと見《み》つめる。確信《かくしん》はもてない……というか、白血球《はっけっきゅう》の好中球《こうちゅうきゅう》はみんなそろって真《ま》っ白《しろ》でよく似《に》ている。

「おい、何見《なにみ》てる？」

白血球《はっけっきゅう》が不審《ふしん》そうに赤血球《せっけっきゅう》にきく。

「あ、いえ。助《たす》けてくれて……ありがとうございました。」

「礼《れい》はいい。仕事《しごと》をしただけだ。」

白血球《はっけっきゅう》はぶっきらぼうに言《い》い、きびすを返《かえ》して立《た》ち去《さ》ろうとした。

私《わたし》の思《おも》いこみ？　……と残念《ざんねん》に思《おも》いながら見送《みおく》る赤血球《せっけっきゅう》のもとへ、十歩《ぽ》ほど歩《ある》いた白血《はっけっ》球《きゅう》が急《きゅう》にもどってきた。

「……いや、まあ、どういたしまして。」

「あ、はい。」

ぶっきらぼうな態度《たいど》を反省《はんせい》したようだ。照《て》れくさそうに早口《はやくち》でそう言《い》うと、白血球《はっけっきゅう》は早《はや》足《あし》で去《さ》る。戦闘用《せんとうよう》の大型《おおがた》ナイフをにぎりしめ、ぶつぶつとつぶやきながら。

「ぶっ殺《ころ》す、とにかくぶっ殺《ころ》す。」

ガンギマリに目《め》がすわっているので、放《ほう》りだした段《だん》ボール箱《ばこ》を拾《ひろ》いにもどってきたほかの赤血球《せっけっきゅう》たちがおびえた。

「うわぁ、白血球《はっけっきゅう》だ……。」

「ホント、容赦《ようしゃ》ねえな……。」

「……ちがうか。」と、赤血球《せっけっきゅう》も思《おも》った。あの骨髄球《こつずいきゅう》は、あんなに無愛想《ぶあいそう》で怖《こわ》いかんじではなかった。あきらめ、自分《じぶん》の段《だん》ボール箱《ばこ》を見《み》つけだして台車《だいしゃ》にのせる。

そのとき、サイレンが鳴《な》り響《ひび》いた。

上空《じょうくう》にモニター画面《がめん》が展開《てんかい》し、メガネをかけ、白《しろ》シャツを着《き》た青年《せいねん》が映《うつ》しだされる。彼《かれ》が告《つ》げた。

「こちら、ヘルパーT細胞《ティーさいぼう》。」

赤血球《せっけっきゅう》たちがいっせいに画面《がめん》に注目《ちゅうもく》する。建物《たてもの》の窓《まど》やドアから、いろんな細胞《さいぼう》たちも顔《かお》をのぞかせた。

「肺炎球菌《はいえんきゅうきん》が血管内《けっかんない》を逃走中《とうそうちゅう》との連絡《れんらく》が入《はい》りました。これより、キラーT細胞《ティーさいぼう》を動員《どういん》します！」

「ヘルパーT《ティー》さんにキラーT《ティー》さん……？」

仕事《しごと》を始《はじ》めたばかりの赤血球《せっけっきゅう》には、よくわからないことも多《おお》い。

制服《せいふく》である赤《あか》いジャンパーのポケットから、人間《にんげん》の世界《せかい》でたとえるならタブレットのような小型《こがた》の装置《そうち》を取《と》りだして、赤血球《せっけっきゅう》は調《しら》べた。

装置《そうち》の画面《がめん》では、マクロファージ先生《せんせい》が映像《えいぞう》つきで解説《かいせつ》してくれる。

『ヘルパーT細胞《ティーさいぼう》さん。マクロファージである私《わたし》からウイルスや細菌《さいきん》が体内《たいない》に侵入《しんにゅう》したとの知《し》らせを受《う》けると、攻撃《こうげき》するための戦略《せんりゃく》を立《た》て、キラーT細胞《ティーさいぼう》さんに戦《たたか》う指令《しれい》を出《だ》すのよ。』

『キラーT細胞《ティーさいぼう》さん。細菌《さいきん》やウイルスに感染《かんせん》した細胞《さいぼう》などを、直接攻撃《ちょくせつこうげき》してやっつけてくれる頼《たの》もしい細胞《さいぼう》よ。』

赤血球《せっけっきゅう》が解説《かいせつ》を見終《みお》えたとき、背後《はいご》から大勢《おおぜい》の力強《ちからづよ》い足音《あしおと》が聞《き》こえてきた。

ふりむくと、「リンパ管《かん》」と表示《ひょうじ》されたトンネルから黒《くろ》い戦闘服《せんとうふく》を着《き》た、体格《たいかく》のよい男《おとこ》の人《ひと》たちの集団《しゅうだん》が駆《か》け足《あし》で出《で》てくる。彼《かれ》らの黒《くろ》い帽子《ぼうし》には「ＫＩＬＬ《キル》」と書《か》かれていた。

リーダーらしい金髪《きんぱつ》くせっ毛《け》の細胞《さいぼう》――キラーT細胞《ティーさいぼう》が、部下《ぶか》たちに気合《きあい》を入《い》れる。

「遅《おく》れるな！」

「イエッサー！」と部下《ぶか》たちが声《こえ》をそろえた。

「お前《まえ》らいいか、発見次第《はっけんしだい》二秒《びょう》でしとめろ。取《と》り逃《に》がした腰抜《こしぬ》けは脾臓《ひぞう》送《おく》り！　二度《にど》ともどれんぞ！」

「イエッサー！」

警察官《けいさつかん》のような白血球《はっけっきゅう》の好中球《こうちゅうきゅう》に対《たい》して、キラーT細胞《ティーさいぼう》はたとえるなら軍隊《ぐんたい》だ。指令《しれい》がないと出動《しゅつどう》できないが、とても強《つよ》い。

「この人《ひと》たちがキラーT細胞《ティーさいぼう》さん……。」

赤血球《せっけっきゅう》がそのいさましい姿《すがた》に注目《ちゅうもく》していると、もどってきた白血球《はっけっきゅう》がそばでつぶやいた。

「まずいな。早《はや》く殺《ころ》さないと分裂《ぶんれつ》が始《はじ》まる……。」

「え？」

白血球《はっけっきゅう》は真顔《まがお》で赤血球《せっけっきゅう》に警告《けいこく》した。

「気《き》をつけろ。肺炎球菌《はいえんきゅうきん》のターゲットは、栄養豊富《えいようほうふ》なお前《まえ》ら赤血球《せっけっきゅう》だ。」

「私《わたし》、これから肺《はい》にむかうところなんですけど……。」

「肺炎球菌《はいえんきゅうきん》はな、放《ほう》っておくと各臓器《かくぞうき》を襲撃《しゅうげき》し、最終的《さいしゅうてき》にはこの体《からだ》を滅《ほろ》ぼす。」

肺炎球菌《はいえんきゅうきん》が分裂《ぶんれつ》して自分《じぶん》のコピーをどんどん増《ふ》やし、人間《にんげん》の体《からだ》すべてを乗《の》っ取《と》るスピードは、早《はや》ければ二十四時間《じかん》ほどといわれる。

言《い》うだけ言《い》って白血球《はっけっきゅう》は使命《しめい》を果《は》たすため、さっそうと駆《か》けだしていった。

「滅《ほろ》ぼす!?　ちょ、待《ま》ってください！　置《お》いていかないでください！」

大《おお》あわてで赤血球《せっけっきゅう》は、段《だん》ボール箱《ばこ》をのせた台車《だいしゃ》を押《お》しながら白血球《はっけっきゅう》を追《お》いかけた。

2章《しょう》

全力《ぜんりょく》で走《はし》って走《はし》って、赤血球《せっけっきゅう》は白血球《はっけっきゅう》とともに肺《はい》へたどりついた。

肺《はい》は空気中《くうきちゅう》から得《え》た酸素《さんそ》を体内《たいない》に取《と》りこみ、二酸化炭素《にさんかたんそ》を空気中《くうきちゅう》に吐《は》き出《だ》す役割《やくわり》を持《も》つ器官《きかん》だ。

「着《つ》いたぞ。ここが肺《はい》だ。」

「わあ、すごい。ここが……。」

巨大《きょだい》な工場《こうじょう》のような肺《はい》の入《い》り口付近《ぐちふきん》の通路《つうろ》で、赤血球《せっけっきゅう》はあたりをキョロキョロと見回《みまわ》した。数《かぞ》え切《き》れないほどの赤血球《せっけっきゅう》たちが段《だん》ボール箱《ばこ》を運《はこ》んで出入《でい》りしている。通路《つうろ》は大混雑《だいこんざつ》だ。

そのとき、ぴんぽーん♪　とたよりない音《おと》がどこかで鳴《な》った。赤血球《せっけっきゅう》が音《おと》のほうを見《み》ると、白血球《はっけっきゅう》の白《しろ》い帽子《ぼうし》の後《うし》ろから、ぴょこん、と丸印《まるじるし》の書《か》かれた札《ふだ》が飛《と》びだしている。

え……何《なに》……と赤血球《せっけっきゅう》が不思議《ふしぎ》に思《おも》って見《み》つめていたら、白血球《はっけっきゅう》が教《おし》えてくれた。

「レセプターが反応《はんのう》している。」

「何《なん》ですか、それ……？」

「細菌《さいきん》を察知《さっち》するレーダーだ。」

ぴんぽん♪　ぴんぽん♪　ぴんぽん♪

レセプターが連続《れんぞく》して鳴《な》りだした。白血球《はっけっきゅう》は後《うし》ろ腰《ごし》につけた戦闘用《せんとうよう》の大型《おおがた》ナイフをぬき、身《み》がまえた。周囲《しゅうい》をにらむ。

「近《ちか》くにいるぞ！　どこだ！　ぶっ殺《ころ》す！」

ぴんぽん♪　ぴんぽん♪　ぴんぽん♪　ぴんぽん♪　ぴんぽん♪

眼光鋭《がんこうするど》く最大級《さいだいきゅう》の警戒《けいかい》をする白血球《はっけっきゅう》に似《に》つかわしくない、軽《かる》ーい音《おと》とシンプルな丸印《まるじるし》の札《ふだ》。

「もうちょっといいデザイン、なかったんですかね……。」

赤血球《せっけっきゅう》は思《おも》わず本音《ほんね》をもらしてしまった。白血球《はっけっきゅう》は気《き》にとめるようすもなく、声《こえ》を低《ひく》くして赤血球《せっけっきゅう》に伝《つた》える。

「近《ちか》くにいるはずなんだが……。俺《おれ》は見回《みまわ》りを続《つづ》ける。」

「あ、はい！　私《わたし》は酸素《さんそ》を受《う》け取《と》りに行《い》ってきます。」

白血球《はっけっきゅう》に背《せ》を向《む》けて走《はし》りだそうとした赤血球《せっけっきゅう》を白血球《はっけっきゅう》が止《と》める。

「そっちは気管支《きかんし》だぞ？」

赤血球《せっけっきゅう》が行《い》かなければならないのは、肺《はい》の中《なか》の肺胞《はいほう》という場所《ばしょ》だ。

「あ、すみません……。」

白血球《はっけっきゅう》が指《ゆび》さしたほうへ、赤血球《せっけっきゅう》は段《だん》ボール箱《ばこ》ののった台車《だいしゃ》を押《お》して走《はし》った。

肺胞《はいほう》へむかう赤血球《せっけっきゅう》を、白血球《はっけっきゅう》は見送《みおく》った。

「どんくさいヤツだな……。」

赤血球《せっけっきゅう》が遠《とお》ざかったとたん、レセプターが鳴《な》り止《や》んだ。丸印《まるじるし》の札《ふだ》も、ぱたり、と折《お》りたたまれる。

「ん？」

白血球《はっけっきゅう》は遠《とお》ざかってゆく赤血球《せっけっきゅう》をながめながら、首《くび》をかしげた。

肺胞《はいほう》は、内部《ないぶ》の空気《くうき》と毛細血管《もうさいけっかん》とのあいだで、酸素《さんそ》と二酸化炭素《にさんかたんそ》の交換《こうかん》をおこなう場所《ばしょ》だ。

「やっと着《つ》いた……。」

赤血球《せっけっきゅう》は毛細血管《もうさいけっかん》と呼《よ》ばれる、通《とお》るのもやっとのせまくて細《ほそ》い通路《つうろ》の先《さき》にある肺胞《はいほう》に入《はい》った。人間《にんげん》の世界《せかい》でたとえるなら、部屋《へや》ひとつくらいのせまさだ。ドアを閉《し》める。このせまい部屋《へや》が無数《むすう》に集《あつ》まっているのが肺《はい》だ。

「よし、ここでガス交換《こうかん》を。」

段《だん》ボール箱《ばこ》を開《あ》けようと手《て》をかけたら、がたがたがたっと箱《はこ》が左右《さゆう》に動《うご》いた。

「え？」

箱《はこ》の中《なか》から黒《くろ》い鉤《かぎ》が飛《と》びだし、段《だん》ボール箱《ばこ》のふたを留《と》めていた粘着《ねんちゃく》テープをスーッと切《き》り開《ひら》く。

見覚《みおぼ》えのある鉤《かぎ》に、赤血球《せっけっきゅう》は息《いき》をのんで後《うし》ろに飛《と》びのいた。

ふたの開《あ》いた段《だん》ボール箱《ばこ》からゆっくりと立《た》ちあがったのは、先端《せんたん》に鉤《かぎ》のついたたくさんの触手《しょくしゅ》を後頭部《こうとうぶ》から生《は》やす肺炎球菌《はいえんきゅうきん》だった。

肺炎球菌《はいえんきゅうきん》は血走《ちばし》った目《め》を赤血球《せっけっきゅう》へむけ、大《おお》きな口《くち》でにやにやと笑《わら》った。

「ありがとよ。ここまで運《はこ》んでくれて。」

赤血球《せっけっきゅう》はわなわなと震《ふる》えた。声《こえ》が出《で》ない。

「ここは、赤血球《せっけっきゅう》を待《ま》ちぶせするにはいいところだな。」

びゅっ、と空《くう》を切《き》って触手《しょくしゅ》が一本《ぽん》、赤血球《せっけっきゅう》にむかって飛《と》んできた。顔《かお》をかばった右手《みぎて》に鉤《かぎ》の先《さき》が刺《さ》さって痛《いた》みが走《はし》る。

「まずは腹《はら》ごしらえにお前《まえ》からだ。」

恐怖《きょうふ》で赤血球《せっけっきゅう》は気絶《きぜつ》しそうになった。

そのとき、部屋《へや》の天井《てんじょう》からしみでるようにして、白血球《はっけっきゅう》がとつぜん現《あらわ》れた。……が、床《ゆか》に飛《と》び降《お》りようとして配管《はいかん》に足《あし》が引《ひ》っかかり、半回転《はんかいてん》して背中《せなか》から転落《てんらく》する。

「白血球《はっけっきゅう》さん……!?」

白血球《はっけっきゅう》は何《なに》ごともなかったかのように立《た》ちあがり、大型《おおがた》ナイフをかまえなおすと、あぜんとしている肺炎球菌《はいえんきゅうきん》をスルーして赤血球《せっけっきゅう》へクールに言《い》い放《はな》った。

「お前《まえ》から離《はな》れたとたんに、レセプターの反応《はんのう》が消《き》えた。まさかとは思《おも》ったが、荷物《にもつ》の中《なか》に隠《かく》れていたとはな。」

肺炎球菌《はいえんきゅうきん》がわれに返《かえ》り、白血球《はっけっきゅう》にたずねる。

「どうしてここに⁉」

せまいせまい通路《つうろ》の奥《おく》にあるドアの閉《し》まった部屋《へや》……白血球《はっけっきゅう》は真顔《まがお》で答《こた》えた。

「勉強不足《べんきょうぶそく》だな。俺《おれ》たち白血球《はっけっきゅう》は『遊走《ゆうそう》』といって、血管《けっかん》の壁《かべ》をすりぬけて敵《てき》のところへ行《い》くことができるんだ。」

赤血球《せっけっきゅう》をかばい、白血球《はっけっきゅう》がカッコよく戦闘《せんとう》ポーズを決《き》めて肺炎球菌《はいえんきゅうきん》をにらみつける。肺《はい》炎球菌《えんきゅうきん》があせったようすになった。

「ここまで来《き》て、殺《ころ》されてたまるかっ。」

肺炎球菌《はいえんきゅうきん》も戦闘態勢《せんとうたいせい》になったその瞬間《しゅんかん》、白血球《はっけっきゅう》が赤血球《せっけっきゅう》の手首《てくび》をつかんだ。

「……逃《に》げるぞ。」

「え⁉」

飛《と》んでくる鉤《かぎ》をよけつつ、白血球《はっけっきゅう》が赤血球《せっけっきゅう》をドアから押《お》しだす。そのまま手《て》を引《ひ》いて、せまい通路《つうろ》を走《はし》りだした。

「待《ま》てぇ！」

せまい通路《つうろ》をぬけだすと、白血球《はっけっきゅう》は肺《はい》の中《なか》を、赤血球《せっけっきゅう》をかばって走《はし》りながら、飛《と》んでくる肺炎球菌《はいえんきゅうきん》の鉤《かぎ》をナイフでふせぎ、たたきおとした。

しかし、逃《に》げるだけで戦《たたか》おうとはしない。

とうとう、行《い》き止《ど》まりの場所《ばしょ》で追《お》い詰《つ》められてしまった。勝利《しょうり》を確信《かくしん》したのか、肺炎球《はいえんきゅう》菌《きん》が高笑《たかわら》いする。

「ちょろちょろと逃《に》げ回《まわ》りやがってよぉ。弱虫《よわむし》めが！」

白血球《はっけっきゅう》は冷静《れいせい》だ。背《せ》にかばう赤血球《せっけっきゅう》に静《しず》かにささやいた。

「赤血球《せっけっきゅう》……もう少《すこ》し下《さ》がってろ。」

「はい……。」

言《い》われたとおり、赤血球《せっけっきゅう》は後《うし》ろの壁《かべ》ぎりぎりまで下《さ》がった。

「どうした？　白血球《はっけっきゅう》さんよ。降参《こうさん》か？」

あおる肺炎球菌《はいえんきゅうきん》をにらみつけつつ、白血球《はっけっきゅう》もじりじりと後《うし》ろへ下《さ》がるばかりだ。

「お前《まえ》ら、もうおしまいだ！　死《し》ねーっ!!」

肺炎球菌《はいえんきゅうきん》は大《おお》きく一歩《ぽ》ふみだし……床《ゆか》に書《か》かれていた赤《あか》い線《せん》をふんだ。

そのとたん、ビーッと警告音《けいこくおん》が鳴《な》り響《ひび》く。

「終《お》わったのはお前《まえ》のほうだ。」

クールに告《つ》げると、白血球《はっけっきゅう》は横《よこ》の壁《かべ》にあるボタンを押《お》した。

とつぜん、赤《あか》い線《せん》の両脇《りょうわき》の壁《かべ》から、透明《とうめい》な球体《きゅうたい》カプセルの半分《はんぶん》が左右《さゆう》それぞれ現《あらわ》れた。

左右半分《さゆうはんぶん》のカプセルは勢《いきお》いよく飛《と》びだして肺炎球菌《はいえんきゅうきん》を閉《と》じこめると、ぴったりとくっついて一つのまん丸《まる》いカプセルになる。

ピンポンパンポン♪　とチャイムが鳴《な》り、女性《じょせい》の声《こえ》のアナウンスが流《なが》れた。

「細菌《さいきん》の捕獲《ほかく》に成功《せいこう》しました。これより細菌《さいきん》を排除《はいじょ》いたします。」

透明《とうめい》なカプセルに閉《と》じこめられた肺炎球菌《はいえんきゅうきん》は大暴《おおあば》れだ。

「おいっ⁉　何《なん》だこれは⁇　出《だ》せっ‼」

それを無視《むし》して、白血球《はっけっきゅう》がつぶやいた。

「さあ、茶《ちゃ》でも飲《の》むか。」

「ええっ？」

と、赤血球《せっけっきゅう》は何《なに》が起《お》きたのかわからず、あっけにとられたままだ。

「出《だ》せ！　おいっ、出《だ》せっ!!」

と、さけんであばれている肺炎球菌《はいえんきゅうきん》に、白血球《はっけっきゅう》は宣告《せんこく》した。

「ムダだ。そのカプセルは内側《うちがわ》からは絶対《ぜったい》に壊《こわ》せない。そして、ここは気管支《きかんし》だ……この意味《いみ》がわかるか？」

「知《し》るかっ。おい、出《だ》せったら出《だ》せ!!」

肺炎球菌《はいえんきゅうきん》の叫《さけ》びには耳《みみ》を貸《か》さず、白血球《はっけっきゅう》が行《い》き止《ど》まりの壁《かべ》のドアを開《あ》ける。

そこはドリンクバーのある休憩所《きゅうけいじょ》だった。大《おお》きな窓《まど》があり、行《い》き止《ど》まりの壁《かべ》のむこうにある設備《せつび》が広《ひろ》く見《み》わたせる。

その設備《せつび》は人間《にんげん》の世界《せかい》でたとえるなら工場《こうじょう》の生産《せいさん》ラインのようなベルトコンベアや大《おお》きなアームなどだった。

ベルトコンベアの終点《しゅうてん》には、ロケットのような物体《ぶったい》がすえつけられている。

「おいっ、どこ行《い》くんだよ！　待《ま》てよ！　お前《まえ》ら！」

あせりまくる肺炎球菌《はいえんきゅうきん》を閉《と》じこめたカプセルは天井《てんじょう》から出《で》てきたアームにつかまれ、べルトコンベアに落《お》とされたのが、窓《まど》から見《み》えた。

「なんなんだよ！　これ！」

そうわめいているらしい肺炎球菌《はいえんきゅうきん》を横目《よこめ》で見《み》ながら、白血球《はっけっきゅう》がドリンクバーで紙《かみ》コップにお茶《ちゃ》をそそぐ。そして、ぽかんと窓《まど》の外《そと》をながめている赤血球《せっけっきゅう》にぶっきらぼうにきいた。

「……お前《まえ》も飲《の》むか？」

「あ、はい……。」

ぎゃーぎゃーとわめき、あばれる肺炎球菌《はいえんきゅうきん》を閉《と》じこめたまま、カプセルはベルトコンベアで転《ころ》がりながら運《はこ》ばれた。

「どこに連《つ》れていかれるんですか？」

お茶《ちゃ》を受《う》け取《と》った赤血球《せっけっきゅう》は、窓《まど》の外《そと》を見《み》ながら白血球《はっけっきゅう》に質問《しつもん》する。

「言《い》っただろ。ここは気管支《きかんし》だ。」

カプセルはころころと滑《すべ》り台《だい》のようなラインを転《ころ》がり落《お》ち、ロケットの中《なか》に放《ほう》りこまれる。ロケットには「くしゃみ一号《ごう》」と書《か》かれていた。

「くしゃみ⁉」

ロケットのハッチが閉《し》まり、ふたたびアナウンスが流《なが》れる。

「カウントダウンを開始《かいし》します。」

ロケットのエンジンが点火《てんか》され、下《した》から煙《けむり》が噴《ふ》きだしはじめた。

「3、2、1。」

白血球《はっけっきゅう》は涼《すず》しい顔《かお》でお茶《ちゃ》をすすりながら、そのようすをながめている。赤血球《せっけっきゅう》は何《なに》が起《お》きているのか、理解《りかい》できないままだ。

「ゼロ。」

アナウンスと同時《どうじ》にロケットが発射《はっしゃ》された。轟音《ごうおん》であたりがかすかに振動《しんどう》する。赤血球《せっけっきゅう》は思《おも》わず軽《かる》く耳《みみ》をふさいだ。

窓《まど》の上《うえ》に設置《せっち》された大型《おおがた》モニター画面《がめん》に、虚空《こくう》へと上昇《じょうしょう》するロケットと、ワイプで泣《な》きわめいている肺炎球菌《はいえんきゅうきん》が映《うつ》しだされる。

「何《なに》すんだ！　何《なに》すんだぁっ‼　おいおいおいっ、やめろっ‼　うわあぁぁぁぁぁぁっ。」

画面《がめん》の中《なか》の肺炎球菌《はいえんきゅうきん》にむかって、白血球《はっけっきゅう》はピシッと敬礼《けいれい》し、告《つ》げた。

「ばいばい菌《きん》だ。」
敬礼《けいれい》する白血球《はっけっきゅう》を見《み》て、赤血球《せっけっきゅう》もあわてて敬礼《けいれい》する。

この体《からだ》の各地《かくち》にあるさまざまなモニター画面《がめん》にも、同《おな》じ映像《えいぞう》が映《うつ》しだされていた。煙《けむり》を長《なが》く引《ひ》いて飛《と》んでゆくロケット「くしゃみ一号《ごう》」と、それを見《み》ているあらゆる細胞《さいぼう》たち。ほかの赤血球《せっけっきゅう》や白血球《はっけっきゅう》たち、キラーT《ティー》細胞《さいぼう》と部下《ぶか》たち、司令室《しれいしつ》のヘルパーT《ティー》細胞《さいぼう》、学園《がくえん》のマクロファージ先生《せんせい》……。

全員《ぜんいん》が敬礼《けいれい》する。

彼方《かなた》の虚空《こくう》でロケットが爆発《ばくはつ》する。破片《はへん》が飛《と》び散《ち》り、次《つぎ》の瞬間《しゅんかん》にはすべて粉々《こなごな》にくだけて霧散《むさん》した。

はっくしょんっ！

と大《おお》きな音《おと》を立《た》てて。

☆　　☆　　☆

学校《がっこう》に着《つ》いて、校舎《こうしゃ》と校舎《こうしゃ》をつなぐ屋外《おくがい》の渡《わた》り廊下《ろうか》にさしかかった日胡《にこ》は大《おお》きなくしゃみをした。

「はっくしょんっ！」

このくしゃみでのどの奥《おく》のむずむずが収《おさ》まり、すっきりしたので日胡《にこ》はほっとした。

くしゃみには、はたらく細胞《さいぼう》たち、特《とく》に免疫細胞《めんえきさいぼう》の活躍《かつやく》でとらえた肺炎球菌《はいえんきゅうきん》をはじめ、いろいろな種類《しゅるい》の細菌《さいきん》が閉《と》じこめられていたことを、日胡《にこ》は知《し》らない。

日胡《にこ》が渡《わた》り廊下《ろうか》でうろうろしているのにはわけがあった。偶然《ぐうぜん》をよそおって、会《あ》いたい人《ひと》がいるのだ。

その人《ひと》がむこうからやってくる。三年生《ねんせい》の武田新先輩《たけだあらたせんぱい》、さわやかな笑顔《えがお》がとてもよく似《に》合《あ》う、やさしくて明《あか》るい人《ひと》だ。

「新先輩《あらたせんぱい》、おはようございます。」

日胡《にこ》が今通《いまとお》りかかったふりであいさつすると、気《き》づいた新《あらた》がほほえんだ。

「おう、おはよう、日胡《にこ》。」

「おはようございます……。」

新先輩《あらたせんぱい》のすてきな笑顔《えがお》に、日胡《にこ》の胸《むね》がどきどきしてくる。

「日胡《にこ》はこれから数学《すうがく》？」

「はい！」

「がんばろう！」

「はいっ！」

日胡《にこ》の顔《かお》が、かーっと熱《あつ》くなった。どきどきと鳴《な》る鼓動《こどう》が新《あらた》に聞《き》こえてしまうのではないかと思《おも》うくらいだ。

☆　☆　☆

このとき、日胡《にこ》の体内《たいない》では緊急《きんきゅう》アナウンスが響《ひび》いていた。

「緊急《きんきゅう》！　緊急《きんきゅう》！　アドレナリン上昇《じょうしょう》！」

軽快《けいかい》なリズムで叫《さけ》んでいるのはＤＪ《ディージェー》の姿《すがた》をした神経細胞《しんけいさいぼう》だ。人間《にんげん》の世界《せかい》でたとえるならテンポの速《はや》いサンバのようなラテン音楽《おんがく》を、神経細胞《しんけいさいぼう》が体内《たいない》に流《なが》しはじめる。

この音楽《おんがく》に乗《の》って、陽気《ようき》なサンバダンサーたちが体内《たいない》のあちこちに現《あらわ》れた。

神経細胞《しんけいさいぼう》のアナウンスがとどろく。

「イエイ、ドーパミン、エンドルフィン、分泌活性化《ぶんぴつかっせいか》だぜっ。」

細胞《さいぼう》の街《まち》には『アドレナリン』『エンドルフィン』『ドーパミン』と書《か》かれた垂《た》れ幕《まく》やフラッグがはためき、陽気《ようき》で元気《げんき》の出《で》る音楽《おんがく》に合《あ》わせて、ダンサーたちが踊《おど》りだす。

「さ、みんなぁ、もーりあがってぇぇぇっ。」

ノリノリの音楽《おんがく》、どこからともなく舞《ま》い散《ち》る紙吹雪《かみふぶき》、打《う》ちあげられる花火《はなび》——楽《たの》しくなってきたあらゆる細胞《さいぼう》たちが通路《つうろ》へ飛《と》びだし、ダンサーにさそわれて一緒《いっしょ》に踊《おど》りだした。

街《まち》の様子《ようす》を司令室《しれいしつ》のモニターで確認《かくにん》したヘルパーT細胞《ティーさいぼう》は頭《あたま》をかかえた。

「制御不能《せいぎょふのう》！」

体内《たいない》アナウンスで神経細胞《しんけいさいぼう》がさらにあおる。

「アゲアゲで行《い》こうぜっ。」

音楽《おんがく》のボリュームも上《あ》がる。踊《おど》る踊《おど》る、みんなが踊《おど》る！

「アドレナリンっ、アゲアゲっ、ドゥ、ダンス！」

楽《たの》しそうな音楽《おんがく》にみちびかれて血管《けっかん》の通路《つうろ》へ出《で》てきた赤血球《せっけっきゅう》も、周囲《しゅうい》の赤血球《せっけっきゅう》たちにかこまれて、照《て》れながらも見《み》よう見《み》まねで踊《おど》りだす。

神経細胞《しんけいさいぼう》があおりまくる。

「サイコー!!　ヘイ、ジャンプ！　ジャンプ！　ジャンプ！」

「制御不能《せいぎょふのう》……。」とうろたえるヘルパーT細胞《ティーさいぼう》の司令室《しれいしつ》でも、部下《ぶか》の細胞《さいぼう》たちがみんな踊《おど》りだす。

体内《たいない》のどこもかしこも、さまざまな細胞《さいぼう》たちがみんなハイテンションで踊《おど》りまくり、しばらくどうしようもない。

胸《むね》が痛《いた》くなるくらい、息《いき》が苦《くる》しくなるくらい、のぼせてどきどきくらくらしながら新《あらた》を見送《みおく》っていた日胡《にこ》は、いきなり背後《はいご》から突《つ》き飛《と》ばされた。

ぽーっとなっていたので、遅刻《ちこく》しそうになって走《はし》ってくる男子生徒《だんしせいと》に気《き》がつかなかったのだ。

☆　☆　☆

屋外《おくがい》の渡《わた》り廊下《ろうか》なので、床《ゆか》はざらざらのコンクリートだ。転《ころ》んだ日胡《にこ》は、左《ひだり》ひざをすりむいてしまった。

「痛《いた》っ。」

声《こえ》に気《き》づいた新《あらた》がふり返《かえ》り、日胡《にこ》に駆《か》けよってきた。

「大丈夫《だいじょうぶ》か？　日胡《にこ》？」

「あっ、大丈夫《だいじょうぶ》です……。」

「ケガは？」

日胡《にこ》を助《たす》け起《お》こし、新《あらた》が傷《きず》を確《たし》かめる。

傷口《きずぐち》から血《ち》がにじんできた。新《あら》たが自分《じぶん》のことのように顔《かお》をしかめてつぶやいた。

「あぁ、痛《いた》い……。」

☆　☆　☆

細胞《さいぼう》たちがノリノリで踊《おど》りまくっていた血管内《けっかんない》の通路《つうろ》に、とつぜん爆発音《ばくはつおん》が響《ひび》いた。足《あし》もとがぐらぐらと震動《しんどう》する。

音楽《おんがく》はストップ、垂《た》れ幕《まく》もどこかに消《き》える。サンバダンサーたちも細胞《さいぼう》たちも逃《に》げまどった。

通路《つうろ》や建物《たてもの》がくずれ、人間《にんげん》のサイズでたとえるなら直径数十《ちょっけいすうじゅう》メートルに相当《そうとう》する大《おお》きな穴《あな》が地面《じめん》に開《あ》いて、逃《に》げ遅《おく》れた赤血球《せっけっきゅう》たちが悲鳴《ひめい》をあげながら穴《あな》にすいこまれてゆく。穴《あな》の底《そこ》は果《は》てしなく深《ふか》く、底《そこ》なしのように思《おも》えた。

楽《たの》しくリズムを取《と》りながらも、仕事《しごと》の続《つづ》きで酸素《さんそ》を運《はこ》んでいた赤血球《せっけっきゅう》は、たまたまこの穴《あな》の近《ちか》くまで来《き》ていた。

穴《あな》に吸《す》われてゆく仲間《なかま》たちが少《すこ》し先《さき》のほうに見《み》えたのでおどろき、悲鳴《ひめい》をあげる。

「えええええっ!?」

そこへ、白血球《はっけっきゅう》が駆《か》けつけてきた。

「白血球《はっけっきゅう》さん！」

「よう、また会《あ》ったな。」

「何《なん》ですか？　あれ。」

と、赤血球《せっけっきゅう》は穴《あな》を視線《しせん》で示《しめ》した。

「見《み》てのとおりだ。外《そと》からの衝撃《しょうげき》によって血管《けっかん》の外壁《がいへき》が損傷《そんしょう》し、血球《けっきゅう》たちが流《なが》れでてしまう……。つまり、すり傷《きず》だ。」

「すり傷《きず》??」

「この傷口《きずぐち》から落《お》ちたら最後《さいご》、二度《にど》とこの体《せかい》にはもどれない。」

赤血球《せっけっきゅう》はショックを受《う》けた。

「えーっ、大変《たいへん》じゃないですかっ。」

「それだけじゃない。早《はや》くふさがなければ、外敵《がいてき》が侵入《しんにゅう》してきてしまう。」

「早《はや》く何《なん》とかしないと……！」

あせる赤血球《せっけっきゅう》に、白血球《はっけっきゅう》は余裕《よゆう》のある態度《たいど》で答《こた》えた。

「だが大丈夫《だいじょうぶ》だ。この状況《じょうきょう》を解決《かいけつ》してくれる仕事人《しごとにん》たちが、すぐに駆《か》けつけてきてくれる。ほら、見《み》ろ。」

うんしょ、うんしょ、という可愛《かわい》らしいかけ声《ごえ》が背後《はいご》から聞《き》こえてきた。

ここは街《まち》と街《まち》とをつなぐ段差《だんさ》の途中《とちゅう》にある小《ちい》さな広場《ひろば》のような場所《ばしょ》だ。

広場《ひろば》のまん中《なか》で立《た》ち止《ど》まっていた赤血球《せっけっきゅう》は、上《うえ》の段《だん》から、水色《みずいろ》の制服《せいふく》を着《き》て白《しろ》い帽子《ぼうし》をかぶった、小《ちい》さな子《こ》どもたちがやってくることに気《き》がついた。人間《にんげん》でたとえるなら、幼稚《ようち》園《えん》から小学校低学年《しょうがっこうていがくねん》くらいだ。

帽子《ぼうし》には「血小板《けっしょうばん》」と書《か》いてある。

ピンクのバスケットに銀色《ぎんいろ》に光《ひか》る円筒形《えんとうけい》のパーツをいっぱいに入《い》れて両腕《りょううで》でかかえている子《こ》や、何名《なんめい》かで大《おお》きな段《だん》ボール箱《ばこ》の荷物《にもつ》を運《はこ》んでいる子《こ》たちもいた。

「うんしょっ、うんしょっ、うんしょっ。」

「あの子《こ》たち……。」

小《ちい》さいのに、がんばっていて、と赤血球《せっけっきゅう》は注目《ちゅうもく》した。

「そろーり、そろーり。」

と、通路《つうろ》の破片《はへん》がここまで飛《と》び散《ち》ってきているため足《あし》もとに気《き》をつけながら、血小板《けっしょうばん》たちは赤血球《せっけっきゅう》のいる小《ちい》さな広場《ひろば》へ近《ちか》づいてくる。

リーダーらしい子《こ》が、広場《ひろば》へ降《お》りる短《みじか》い階段《かいだん》の手前《てまえ》でいったん全員《ぜんいん》を止《と》めた。

「階段《かいだん》あるよー、気《き》をつけてー。」

「そろーり、そろーり。うんしょっ、うんしょっ。」

広場《ひろば》に降《お》り立《た》った血小板《けっしょうばん》たちは口々《くちぐち》に、赤血球《せっけっきゅう》と白血球《はっけっきゅう》にむかって元気《げんき》よく笑顔《えがお》であいさつした。

「お疲《つか》れさまでーす！」

「お疲《つか》れさまでーす！」

「お疲《つか》れさまでーす！」

赤血球《せっけっきゅう》は、またジャンパーのポケットから解説装置《かいせつそうち》を取《と》りだした。マクロファージ先生《せんせい》の解説動画《かいせつどうが》を見《み》る。

『血小板《けっしょうばん》。血液《けつえき》にふくまれる細胞成分《さいぼうせいぶん》の一種《いっしゅ》。血管《けっかん》が損傷《そんしょう》したときに集合《しゅうごう》して、傷口《きずぐち》をふさぎ、止血《しけつ》してくれるのよ。』

なるほど、と赤血球《せっけっきゅう》が血小板《けっしょうばん》たちへ視線《しせん》をもどすと、仕事《しごと》が始《はじ》まっていた。

リーダーが全員《ぜんいん》を整列《せいれつ》させる。

「みんな、いい？」

「は〜いっ。」といっせいに返事《へんじ》があった。

「では、フィブリン持《も》ちましたかー？」

運《はこ》んできた大《おお》きな段《だん》ボール箱《ばこ》から、ピンクのロープのようなものを引《ひ》っ張《ぱ》りだし、それを血小板《けっしょうばん》たちがそれぞれ手《て》に持《も》ってかかげた。銀色《ぎんいろ》の円筒形《えんとうけい》をしたパーツも持《も》っている。

「持《も》ったよ〜。」

「よーしっ、行《い》くよー！」

血小板《けっしょうばん》たちは穴《あな》にむかっていっせいに走《はし》りだした。数《かず》が多《おお》く、後《うし》ろのほうは赤血球《せっけっきゅう》のすぐそばにいる。

「おねえちゃん、ちょっとどいて。」

感心《かんしん》して見入《みい》っていた赤血球《せっけっきゅう》は血小板《けっしょうばん》から注意《ちゅうい》されてしまった。

「あ、ごめん……。」

数歩下《すうほさ》がったところで、白血球《はっけっきゅう》はたのもしそうに血小板《けっしょうばん》たちを見守《みまも》っている。赤血球《せっけっきゅう》もその位置《いち》まで下《さ》がった。

「はい、じゃあ凝固因子《ぎょうこいんし》でフィブリンをつなぎあわせるよ。」

血小板《けっしょうばん》たちは穴《あな》の縁《ふち》まで行《い》くと左右《さゆう》に分《わ》かれ、ぐるりと穴《あな》を取《と》りかこんだ。

「は〜いっ。」

凝固因子《ぎょうこいんし》というのは円筒形《えんとうけい》の部品《ぶひん》で、フィブリンというのはロープの名前《なまえ》のようだ。血《けっ》小板《しょうばん》たちはパーツを使《つか》って自分《じぶん》のロープと隣《となり》の子《こ》のロープをつないだ。

穴《あな》をかこんで大《おお》きなロープの輪《わ》ができた。

「落《お》ちないようにね！」

「は〜いっ。」

「行《い》くよ！　せーのっ。」

リーダーの合図《あいず》で血小板全員《けっしょうばんぜんいん》が、輪《わ》になったロープを大《おお》きく上下《じょうげ》に振《ふ》る。

「よいしょっ！」

ロープの輪《わ》から網《あみ》がにじみでてきて、穴《あな》をおおってゆく。さらに振《ふ》ると小《ちい》さな球体《きゅうたい》が無《む》数《すう》にわきだし、穴《あな》をおおった網《あみ》の目《め》を埋《う》めるようにつまりだした。

これは血栓《けっせん》というものだ。血液中《けつえきちゅう》の凝固因子《ぎょうこいんし》と呼《よ》ばれるタンパク質《しつ》がはたらき、フィブリンの網《あみ》の膜《まく》が全体《ぜんたい》をおおい、固《かた》める。

傷口《きずぐち》の穴《あな》は球体《きゅうたい》で埋《う》まり、人間《にんげん》の世界《せかい》でたとえるなら、小《ちい》さな子《こ》どもたちの室内《しつない》の遊《あそ》び場《ば》にあるボールプールによく似《に》た状態《じょうたい》になった。リーダーが宣言《せんげん》した。

「血栓完成《けっせんかんせい》っ！」

「完成《かんせい》ーっ！」と、血小板《けっしょうばん》たちも声《こえ》をそろえて復唱《ふくしょう》する。

赤血球《せっけっきゅう》たちが吸《す》いこまれることもなくなった。小《ちい》さな血小板《けっしょうばん》たちのみごとな仕事《しごと》ぶりに赤血球《せっけっきゅう》はすっかり感心《かんしん》した。

「すごいですね、白血球《はっけっきゅう》さん！」

そう言《い》ってふりむいたが、白血球《はっけっきゅう》がいない。

「あれ？　白血球《はっけっきゅう》さん？」

きょろきょろすると、赤血球《せっけっきゅう》たちが穴《あな》の縁《ふち》をぐるりとかこんで、のぞきこむようにして立《た》っているのが見《み》えた。ところどころ白血球《はっけっきゅう》の好中球《こうちゅうきゅう》もまじっていて、「1146」番号《ばんごう》札《ふだ》をつけた白血球《はっけっきゅう》もその中《なか》にいる。

血小板《けっしょうばん》のリーダーが明《あか》るく告《つ》げた。

「それではみなさん、お願《ねが》いします！」

赤血球《せっけっきゅう》や白血球《はっけっきゅう》たちはしぶしぶといったようすで、「はーい……。」と返事《へんじ》をすると、次々《つぎつぎ》にボールプール状態《じょうたい》の穴《あな》へ身《み》を投《な》げてゆく。

1146番《ばん》の白血球《はっけっきゅう》も敬礼《けいれい》したまま飛《と》びこみ、どさっと音《おと》を立《た》てて穴《あな》に落《お》ちた。

「白血球《はっけっきゅう》さん⁉」

赤血球《せっけっきゅう》はあわてて穴《あな》へ駆《か》けより、縁《ふち》から身《み》を乗《の》りだして中《なか》をのぞきこんだ。

「大丈夫《だいじょうぶ》ですか⁇」

ゆっくりと、あおむけで白血球《はっけっきゅう》が浮《う》かびあがってきて、直立不動《ちょくりつふどう》の姿勢《しせい》のまま浮《う》いている。ほかの赤血球《せっけっきゅう》たちもおなじで、みんなボールプールにぎゅうぎゅう詰《づ》めになってぷかぷかと浮《う》かんでいた。

ほっとしたとたん、赤血球《せっけっきゅう》の体《からだ》が後《うし》ろから押《お》された。

「はい、おねえちゃんも！」

「あぁっ。」

と声《こえ》をあげながら、赤血球《せっけっきゅう》は白血球《はっけっきゅう》の上《うえ》に落《お》とされてしまった。うつぶせで、半分《はんぶん》すがりつくようなかっこうになってしまい、赤血球《せっけっきゅう》は白血球《はっけっきゅう》に失礼《しつれい》をわびた。

「すみません！」

急《いそ》いでどこうとしたが、体同士《からだどうし》がくっついて離《はな》れない。穴《あな》を埋《う》めた球体《きゅうたい》がふたりの全身《ぜんしん》にはりついて、身動《みうご》きがかなわないのだ。

「あれ？　え？　くっついてる……!?」

あわてふためく赤血球《せっけっきゅう》に、白血球《はっけっきゅう》がクールに教《おし》えてくれた。

「血管《けっかん》に穴《あな》が開《あ》いたときはな、外壁《がいへき》となる細胞《さいぼう》の修理《しゅうり》が終《お》わるまでのあいだ、俺《おれ》たち血球《けっきゅう》の体《からだ》を使《つか》って穴《あな》をふさぐことになっているんだ。これが二次血栓《じけっせん》だ。」

「え……いつまでこうしていればいいんですか？」

「さあな。乾燥《かんそう》してかさぶたになるまで待《ま》つか。」

白血球《はっけっきゅう》は目《め》を閉《と》じた。昼寝《ひるね》するつもりのようだ。赤血球《せっけっきゅう》は困《こま》ってしまった。

「ええーっ。」

☆　☆　☆

日胡《にこ》にすり傷《きず》ができた日《ひ》の昼休《ひるやす》み。父《ちち》の茂《しげる》は、勤務先《きんむさき》である運送会社《うんそうがいしゃ》の事務所《じむしょ》で、昼食《ちゅうしょく》を食《た》べようとしていた。

日胡《にこ》が作《つく》ってくれたお弁当《べんとう》をテーブルに置《お》く。同僚《どうりょう》や社長《しゃちょう》の前田智明《まえだともあき》がやってきて、同《おな》じテーブルをかこんだ。

茂《しげる》は前田社長《まえだしゃちょう》に話《はな》しかけた。

「社長《しゃちょう》、昨日《きのう》もごちそうさまでした。」

社長《しゃちょう》は茂《しげる》のお弁当《べんとう》に目《め》をとめた。以前《いぜん》よりも小《ちい》さな弁当箱《べんとうばこ》だ。

「日胡《にこ》ちゃん、弁当作《べんとうつく》ってくれるんだって？」

「はい。ヘルシー料理《りょうり》だとか言《い》って、量《りょう》まで減《へ》らされて。」

答《こた》えながら、茂《しげる》はタバコを一本《ぽんと》取りだして口《くち》にくわえ、ライターで火《ひ》を点《つ》けた。

茂《しげる》と同世代《どうせだい》の同僚《どうりょう》が会話《かいわ》に入《はい》る。

「いい娘《むすめ》さんだよなあ。うちなんて口《くち》もきいてくれねえよ。」

そのとき、テーブルの真《ま》ん中《なか》で、ピピピ、とタイマーが鳴《な》った。お湯《ゆ》を入《い》れたカップラーメンの、できあがり時間《じかん》を計《はか》っていたタイマーだ。

「おー、できたできた。」

と、茂《しげる》はタイマーの横《よこ》のカップラーメンを引《ひ》きよせた。ふたを開《あ》けると湯気《ゆげ》が立《た》ち、おいしそうな香《かお》りがただよう。

社長《しゃちょう》がびっくりした。

「えっ、それ茂《しげ》ちゃんの？」

日胡《にこ》の作《つく》ったお弁当《べんとう》とカップラーメンを交互《こうご》に見《み》る。茂《しげる》は苦笑《くしょう》した。

「こんな小《ちい》さな弁当《べんとう》だけじゃ、はたらけませんよ。」

「せっかく日胡《にこ》ちゃんが健康《けんこう》考《かんが》えて作《つく》ってくれてんのに。」

社長《しゃちょう》の苦言《くげん》を無視《むし》して、茂《しげる》は誘《さそ》った。

「社長《しゃちょう》、今夜《こんや》もどうですか？　ちょいと一杯《いっぱい》。」

酒《さけ》を飲《の》もうとの誘《さそ》いに、社長《しゃちょう》があきれる。

「昨日《きのう》も行《い》ったばっかだろ。好《す》きだねえ、茂《しげ》ちゃんは。」

同僚《どうりょう》も同意《どうい》する。

「毎日《まいにち》飲《の》んでんじゃないの。」

「あははははは。」と茂《しげる》は笑《わら》ってごまかし、深《ふか》くタバコの煙《けむり》を吸《す》いこんだ。この刺激的《しげきてき》な味《あじ》がたまらなく美味《うま》い。

☆　☆　☆

ここは、茂《しげる》の体内《たいない》。

日胡《にこ》の体内《たいない》を人間《にんげん》の世界《せかい》でたとえるなら、おしゃれで明《あか》るい雰囲気《ふんいき》の店《みせ》が建《た》ち並《なら》ぶアウトレットモールやショッピングタウンだが、茂《しげる》の体内《たいない》はまるで雰囲気《ふんいき》がちがった。

たとえるなら、表通《おもてどお》りは割《わ》れた窓《まど》もろくに直《なお》せない倒産寸前《とうさんすんぜん》のボロボロのビルばかり、裏手《うらて》の細《ほそ》い路地《ろじ》に入《はい》るとさびれた場末《ばすえ》の飲《の》み屋街《やがい》。とにかく道《みち》はでこぼこ、建物《たてもの》は薄汚《うすよご》れてひび割《わ》れ、どこもかしこもきたなくてゴミだらけ。

ここではたらく細胞《さいぼう》たちはみんな、疲《つか》れはててやさぐれた表情《ひょうじょう》だった。

そんなきたない街《まち》にサイレンが鳴《な》り響《ひび》いた。甲高《かんだか》い声《こえ》のアナウンスが、細胞《さいぼう》たちの耳《みみ》にきんきんと突《つ》き刺《さ》さる。

「一酸化炭素注意報《いっさんかたんそちゅういほう》の発令《はつれい》です。血管内《けっかんない》に毒物《どくぶつ》が入《はい》りこみました。細胞《さいぼう》のみなさまは注意《ちゅうい》して外出《がいしゅつ》してください。」

街《まち》が小刻《こきざ》みに振動《しんどう》して、どこからともなく刺激的《しげきてき》なにおいの煙《けむり》が流《なが》れこんでくる。

あたりを満《み》たす茶色《ちゃいろ》い煙《けむり》に、赤血球《せっけっきゅう》など通《とお》りかかったさまざまな細胞《さいぼう》たちが表情《ひょうじょう》をゆがめた。

「まただ……。」

「おい、早《はや》く逃《に》げるぞ。」

一日《いちにち》に何度《なんど》も、毎日毎日《まいにちまいにち》、この苦《くる》しい煙《けむり》はとつぜんおそってくる。この体《せかい》には外敵《がいてき》のほかにも、細胞《さいぼう》たちを苦《くる》しめる存在《そんざい》があった。

この煙《けむり》を赤血球《せっけっきゅう》が吸《す》ってしまうと、苦《くる》しくて動《うご》けなくなってしまうのだ。

少《すこ》し離《はな》れた街角《まちかど》で、空中《くうちゅう》に展開《てんかい》するモニター画面《がめん》ではなく、古《ふる》びた街頭《がいとう》テレビで指揮官《しきかん》である脳細胞《のうさいぼう》の訓示《くんじ》を聞《き》く赤血球《せっけっきゅう》たちがいた。

軍服《ぐんぷく》に徽章《きしょう》をたくさんぶら下《さ》げた指揮官《しきかん》は、激《はげ》しい口調《くちょう》で演説《えんぜつ》した。

「疲労蓄積《ひろうちくせき》、睡眠不足《すいみんぶそく》、暴飲暴食《ぼういんぼうしょく》！　いま、この身体《からだ》は過度《かど》のストレスにさらされ、酸素《さんそ》不足《ぶそく》におちいっている！　けっして休《やす》むな！　酸素《さんそ》を運《はこ》びまくれ！」

映像《えいぞう》に見入《みい》る赤血球《せっけっきゅう》たちの中《なか》に、仕事《しごと》についたばかりの赤血球《せっけっきゅう》がいた。メガネをかけ、まだ少年《しょうねん》の面影《おもかげ》を残《のこ》した若《わか》い男《おとこ》の姿《すがた》をしている。

この新米赤血球《しんまいせっけっきゅう》の赤《あか》い帽子《ぼうし》には「ＡＡ《エーエー》２１５３」と書《か》かれたバッジがついていた。

メガネの新米赤血球《しんまいせっけっきゅう》は緊張《きんちょう》したようすで、指揮官《しきかん》の命令《めいれい》を聞《き》いていた。

「はたらけ！　細胞《さいぼう》ども!!」

「はい!!」

いっせいに返事《へんじ》をした赤血球《せっけっきゅう》たちは、酸素《さんそ》ボンベをつめた箱《はこ》を台車《だいしゃ》にのせ、心臓《しんぞう》の左心《さしん》室《しつ》で待機《たいき》する。アナウンスが響《ひび》いた。

「大動脈弁《だいどうみゃくべん》、開放《かいほう》！」

重《おも》たいゲートがうなりをあげて開《ひら》き、背《せ》を押《お》す圧力《あつりょく》で勢《いきお》いよく赤血球《せっけっきゅう》たちが全身《ぜんしん》へと飛《と》びだしてゆく。

「GO《ゴー》！　GO《ゴー》！　GO《ゴー》！」とかけ声《ごえ》をかけながら。

新米赤血球《しんまいせっけっきゅう》も先輩赤血球《せんぱいせっけっきゅう》たちのあとを追《お》って、全速力《ぜんそくりょく》で走《はし》りだした。


新米赤血球《しんまいせっけっきゅう》がやってきたのは、閉店《へいてん》ばかりでほとんど機能《きのう》していないような商店街《しょうてんがい》の、さらに奥《おく》にある裏通《うらどお》りだった。もとは飲《の》み屋街《やがい》だったらしいが、さびれきっていて、ゴミ捨《す》て場《ば》のようになっている。

それでもまだ、ここでくらしている細胞《さいぼう》はいて、酸素《さんそ》を配達《はいたつ》して回《まわ》った。

「ちょっと！　赤血球《せっけっきゅう》さん！　最近酸素《さいきんさんそ》の供給量《きょうきゅうりょう》が足《た》りないよ！」

人間《にんげん》でたとえるなら中高年《ちゅうこうねん》の姿《すがた》をした細胞《さいぼう》から文句《もんく》を言《い》われ、新米赤血球《しんまいせっけっきゅう》はひたすら頭《あたま》を下《さ》げる。

「すみません！　上《うえ》からの命令《めいれい》で主要臓器《しゅようぞうき》への供給《きょうきゅう》を優先《ゆうせん》するよう言《い》われていまして……。」

こんなにさびれず、まだ活発《かっぱつ》に稼働《かどう》しているエリアもあり、そこはこの身体《からだ》の維持《いじ》に必《ひっ》要不可欠《ようふかけつ》なのだ。

「末端《まったん》の細胞《さいぼう》は死《し》ねって言《い》うのかい⁉」

毛細血管《もうさいけっかん》というこんな端《はし》の端《はし》の細《ほそ》い路地裏《ろじうら》は見捨《みす》てられ、ゴミでつまって機能《きのう》が停止《ていし》してもおかしくない。

「申《もう》し訳《わけ》ありません！　上《うえ》からの命令《めいれい》で……。」

ぺこぺこ謝《あやま》っていると、新米赤血球《しんまいせっけっきゅう》の制服《せいふく》の赤《あか》いジャンパーが、後《うし》ろからぐいっと引《ひ》っぱられた。ふりむくと、先輩赤血球《せんぱいせっけっきゅう》のひとりだ。がっちりした男性《だんせい》の姿《すがた》をしている。

「行《い》くぞ。」

細胞《さいぼう》がわめいた。

「ちょっと待《ま》ちな！　まだ話《はなし》は終《お》わってねえんだよっ、おいっ。」

せまいせまい路地裏《ろじうら》を離《はな》れ、少《すこ》しだけ広《ひろ》めの通《とお》りに出《で》た。左右《さゆう》の建物《たてもの》の窓《まど》ガラスは割《わ》れたままだし、壁《かべ》にはグラフィティアートのような落書《らくが》き。すさんだ街《まち》だ。

先輩《せんぱい》が新米赤血球《しんまいせっけっきゅう》に説教《せっきょう》してくる。

「何《なん》でもかんでも謝《あやま》んな。クレームにつきあってたらキリがねえぞ、新米《しんまい》。」

「はい……。」

そのとたん、そばの建物《たてもの》のドアから顔《かお》をのぞかせた細胞《さいぼう》にどなられた。

「おいコラ！　赤血球《せっけっきゅう》！　とっとと酸素運《さんそはこ》んでこいっ！」

かなりいかつい顔《かお》つきの巨漢《きょかん》で、ビビった先輩《せんぱい》が、平身低頭《へいしんていとう》して謝《あやま》る。

「すみません！　大至急届《だいしきゅうとど》けますっ。」

言《い》っていることとやっていることが正反対《せいはんたい》……と、とまどう新米赤血球《しんまいせっけっきゅう》を引《ひ》きずるようにして、先輩《せんぱい》が逃《に》げだした。

別《べつ》の似《に》たような通《とお》りに逃《に》げこみ、ふたりは息《いき》をついた。先輩《せんぱい》が八《や》つ当《あ》たりする。

「馬鹿野郎《ばかやろう》！　お前《まえ》の謝《あやま》りぐせが移《うつ》っちまったじゃねえか……！」

「あ、はい……。すみません……。」

新米赤血球《しんまいせっけっきゅう》が首《くび》をすくめたら、足《あし》もとがとつぜんくずれ、よろめいた。

「おっと、危《あぶ》ない！」

どうにかこらえて下《した》を確《たし》かめると、道《みち》に大《おお》きな穴《あな》が開《あ》いている。

「何《なん》だ、このでこぼこ道《みち》は。」

と先輩《せんぱい》も首《くび》をかしげた。見回《みまわ》すと、道《みち》のあちこちに穴《あな》が開《あ》き、そこに大量《たいりょう》の白《しろ》っぽいゴミ袋《ぶくろ》がつめこまれている。

めいっぱい中身《なかみ》がつまったゴミ袋《ぶくろ》が山《やま》となり、穴《あな》の縁《ふち》からあふれてもりあがって通行《つうこう》の邪魔《じゃま》になっていた。

ふたりは顔《かお》を見合《みあ》わせた……そのとき、脇《わき》の路地《ろじ》から、四、五名《めい》の黒《くろ》ずくめの服《ふく》を着《き》て顔《かお》をフードで隠《かく》した細胞《さいぼう》たちが飛《と》びだしてきた。

連中《れんちゅう》はみんな、ぱんぱんにふくらんだゴミ袋《ぶくろ》を両手《りょうて》に持《も》っている。新米赤血球《しんまいせっけっきゅう》がつまずいた新《あたら》しい穴《あな》にそのゴミ袋《ぶくろ》をどさどさっと投《な》げ捨《す》てると、すばやく身《み》をひるがえした。

逃《に》げてゆく連中《れんちゅう》の黒《くろ》ずくめの服《ふく》の背中《せなか》にはＬＤＬ《エルディーエル》と書《か》いてある。

「あっ、ＬＤＬ《エルディーエル》！」

新米赤血球《しんまいせっけっきゅう》もうわさに聞《き》いていた。

通称《つうしょう》「悪玉《あくだま》コレステロール」。ただでさえ血管《けっかん》という通路《つうろ》がぼろぼろになっているところに、さらにゴミを捨《す》てて通《とお》りにくくすることがある。

この体《せかい》には、侵入《しんにゅう》する外敵《がいてき》のほかに身内《みうち》からも裏切《うらぎ》り者《もの》が現《あらわ》れているのかもしれない。

先輩《せんぱい》がぼやいた。

「コレステロールの不法投棄《ふほうとうき》か！　こいつが増《ふ》えると動脈硬化《どうみゃくこうか》の恐《おそ》れが高《たか》まっちまう……。」

動脈硬化《どうみゃくこうか》、それは血管《けっかん》が壊《こわ》れてゆくこと。修復《しゅうふく》できないほど大規模《だいきぼ》に壊《こわ》れたら、この体《せかい》の血液循環《けつえきじゅんかん》は破綻《はたん》し、すべてが終《お》わる。

ぼうぜんとLDL《エルディーエル》たちを見送《みおく》ることしかできない新米赤血球《しんまいせっけっきゅう》の手《て》を、先輩《せんぱい》が引《ひ》っぱった。

「こっちだ。」

道《みち》がゴミでふさがれていないほうへ連《つ》れていってくれる。

しかし、行《い》った先《さき》も似《に》たようなすさんだ下町《したまち》だった。新米赤血球《しんまいせっけっきゅう》が、ここはどこだろうときょろきょろしていると、とつぜん路地《ろじ》の頭上《ずじょう》にわたされたパイプのスプリンクラーから、液体《えきたい》が降《ふ》りそそいできた。

「わっ、何《なに》これ⁉」

つん、としたにおいがする。びしょぬれになった新米赤血球《しんまいせっけっきゅう》があわてていると、先輩《せんぱい》が教《おし》えてくれた。

「落《お》ち着《つ》け！　これはアルコールだ。」

「アルコール⁇」

☆　　☆　　☆

自分《じぶん》の体内《たいない》で細胞《さいぼう》たちが困《こま》っていると、全《まった》く考《かんが》えもつかない茂《しげる》は、ひと仕事終《しごとお》えて同僚《どうりょう》や社長《しゃちょう》と一緒《いっしょ》に居酒屋《いざかや》で酒《さけ》を飲《の》んでいた。

「あ〜っ、うまっ。体《からだ》にしみるわ〜。」

びちゃびちゃになってしまったメガネの新米赤血球《しんまいせっけっきゅう》と先輩赤血球《せんぱいせっけっきゅう》は、アルコールのシャワーから逃《に》げまどっていた。先輩《せんぱい》が顔《かお》をしかめる。

「まずいな……。このままじゃ俺《おれ》たちが体中《からだじゅう》にアルコールを運《はこ》ぶことになる。」

新米赤血球《しんまいせっけっきゅう》は自分《じぶん》の腕《うで》についた水滴《すいてき》をなめてみた。

「本当《ほんとう》だ……アルコールの味《あじ》が……あれ？　なんかふらふらして……きました……。」

先輩《せんぱい》が新米赤血球《しんまいせっけっきゅう》の肩《かた》をやさしく支《ささ》えてくれた。

「こっちに来《こ》い。ぬきかたを教《おし》えてやる。」

☆　☆　☆

先輩赤血球《せんぱいせっけっきゅう》が新米赤血球《しんまいせっけっきゅう》を連《つ》れてきたのは、肝臓《かんぞう》だった。人間《にんげん》の世界《せかい》でたとえるなら、大人《おとな》の歓楽街《かんらくがい》……色《いろ》っぽくてきれいなおねえさんがいる店《みせ》が建《た》ち並《なら》ぶ場所《ばしょ》だ。

人間《にんげん》の世界《せかい》ならここで出《だ》される飲《の》みものは酒《さけ》だが、肝臓《かんぞう》はちがう。

肝臓《かんぞう》は物質《ぶっしつ》の合成《ごうせい》や排泄《はいせつ》・解毒《げどく》など多彩《たさい》な機能《きのう》をもつ、化学工場《かがくこうじょう》のような臓器《ぞうき》で、歓楽《かんらく》街《がい》に見《み》えるこの場所《ばしょ》はその一部《いちぶ》に過《す》ぎない。

新米赤血球《しんまいせっけっきゅう》が先輩《せんぱい》とともに入《はい》った店《みせ》では、露出《ろしゅつ》の多《おお》い衣装《いしょう》を着《き》た妖艶《ようえん》なダンサーのクッパー細胞《さいぼう》がステージで踊《おど》り、ドレスを着《き》たきれいなおねえさんの肝細胞《かんさいぼう》が飲《の》みものを出《だ》して、そばに座《すわ》って話《はな》し相手《あいて》になってくれる。

肝細胞《かんさいぼう》と先輩《せんぱい》にはさまれてソファに座《すわ》った新米赤血球《しんまいせっけっきゅう》に、先輩《せんぱい》が飲《の》みものをすすめた。

カクテルグラスに入《はい》っている。

「えらい目《め》にあったな……。まあ、飲《の》めよ。」

「はい……。あの、これは？」

新米赤血球《しんまいせっけっきゅう》の疑問《ぎもん》に、肝細胞《かんさいぼう》が答《こた》える。

「アルコールを分解《ぶんかい》する――。」

会話《かいわ》の途中《とちゅう》から先輩《せんぱい》が割《わ》りこむ。

「酵素《こうそ》ＡＤＨ《エーディーエイチ》だ。」

肝細胞《かんさいぼう》が説明《せつめい》を続《つづ》けた。

「酔《よ》いをさますために、血液《けつえき》からアルコールを分解《ぶんかい》してぬくのも――。」

また先輩《せんぱい》が割《わ》りこむ。

「こいつら肝細胞《かんさいぼう》の仕事《しごと》だ。」

肝細胞《かんさいぼう》がうざそうににらんでいるのにもかまわず、先輩《せんぱい》がしゃべりまくる。

「どうした？　せっかく連《つ》れてきてやったんだ。もっと楽《たの》しめよ。それとも、俺《おれ》が飲《の》ませてやろうか？」

自分《じぶん》の置《お》かれた状況《じょうきょう》に新米赤血球《しんまいせっけっきゅう》はうんざりしていた。不満《ふまん》をぶちまける。

「この体《からだ》は大丈夫《だいじょうぶ》なんでしょうか……？」

先輩《せんぱい》がはっとなる。

「血管《けっかん》はでこぼこで、上《うえ》は酸素供給《さんそきょうきゅう》のノルマばっかりで、僕《ぼく》たちのことなんか全然考《ぜんぜんかんが》えてないし。このブラックな労働環境《ろうどうかんきょう》を改善《かいぜん》してもらわないと……。」

そのとき、ガシャン！　とグラスの割《わ》れる音《おと》がした。

新米赤血球《しんまいせっけっきゅう》が音《おと》のほうをふりむくと、隣《となり》のブースで、手《て》からグラスを取《と》り落《お》とした姿勢《しせい》のまま、年老《としお》いた赤血球《せっけっきゅう》がずるずるとソファからすべり落《お》ちていくところだった。

「寿命《じゅみょう》ね。」

おどろくようすもなく、肝細胞《かんさいぼう》がたんたんとつぶやく。

黒服《くろふく》を着《き》た男《おとこ》たちが駆《か》けつけ、意識《いしき》のない老赤血球《ろうせっけっきゅう》を数人《すうにん》でかかえあげると、クッパー細胞《さいぼう》のステージへと運《はこ》んで台《だい》に寝《ね》かせた。

「え……。」と新米赤血球《しんまいせっけっきゅう》がとまどっていると、先輩《せんぱい》が教《おし》えてくれた。

「寿命《じゅみょう》が来《き》たら、あのクッパー細胞《さいぼう》に食《た》べられ、養分《ようぶん》として利用《りよう》されちまうんだ……。」

客席《きゃくせき》とのあいだに薄《うす》いカーテンが下《お》り、クッパー細胞《さいぼう》と横《よこ》たわる老赤血球《ろうせっけっきゅう》のシルエットが透《す》けて見《み》える。

クッパー細胞《さいぼう》が上半身《じょうはんしん》をかがめ、老赤血球《ろうせっけっきゅう》ののどもとにかみついた……。

衝撃的《しょうげきてき》な光景《こうけい》だった。

「わっ……ひいっ……。」

短《みじか》い悲鳴《ひめい》を飲《の》みこんで口《くち》を押《お》さえる新米赤血球《しんまいせっけっきゅう》の目《め》を、先輩《せんぱい》が軍手《ぐんて》をはめた両手《りょうて》でおおう。そして、耳《みみ》もとでささやいた。

「これが赤血球《せっけっきゅう》の一生《いっしょう》だ……。俺《おれ》たちは死《し》ぬまでひたすら酸素《さんそ》を運《はこ》ぶだけの存在《そんざい》……。」

「そんな……。」

手《て》を離《はな》し、先輩《せんぱい》が新米赤血球《しんまいせっけっきゅう》にむきあう。

「でも大丈夫《だいじょうぶ》だ。お前《まえ》に何《なに》かあったときは……俺《おれ》が助《たす》けてやる。」

先輩《せんぱい》のなぐさめも、新米赤血球《しんまいせっけっきゅう》には響《ひび》かなかった。怒《いか》りと絶望《ぜつぼう》のあまり、涙目《なみだめ》で立《た》ちあがる。

「必死《ひっし》ではたらいたのに、最後《さいご》にはあんな目《め》に……。僕《ぼく》はイヤだ！」

新米赤血球《しんまいせっけっきゅう》は店《みせ》を飛《と》びだした。


「おい！　新米《しんまい》……。」

店《みせ》を出《で》ていく新米赤血球《しんまいせっけっきゅう》に先輩《せんぱい》が呼《よ》びかけたが、止《と》まってはくれない。じっと見《み》ていた肝細胞《かんさいぼう》が、投《な》げやりにつぶやいた。

「無理《むり》もないわ。この体《からだ》が変《か》わらないかぎり、私《わたし》たちの環境《かんきょう》は変《か》わらない。いつまでも『ブラック』なまま……。本当《ほんとう》に悪《わる》いのはだれなのか……。」

3章《しょう》

漆崎親子《うるしざきおやこ》がくらす団地《だんち》の一室《いっしつ》。

茂《しげる》が自室《じしつ》でテレビのバラエティ番組《ばんぐみ》を見《み》ながら、焼酎《しょうちゅう》をのんでいる。スルメにマヨネーズをたっぷりつけたものを酒《さけ》の肴《さかな》にしていた。

隣《となり》にある日胡《にこ》の部屋《へや》にはそのテレビの音《おと》がかすかにもれてくる。笑《わら》い声《ごえ》はもっと大《おお》きくもれてくる。いつものことなので気《き》にしない。

日胡《にこ》は地元《じもと》の国立大学医学部進学《こくりつだいがくいがくぶしんがく》を目指《めざ》している。

勉強《べんきょう》のノルマを終《お》えた日胡《にこ》はベッドに座《すわ》り、新《あらた》がはってくれたひざの傷《きず》のばんそうこうをそっとなでてから、ケータイを手《て》にした。

SNS《エスエヌエス》で新《あらた》に連絡《れんらく》する。

『今日《きょう》はありがとうございました。よかったら、今度一緒《こんどいっしょ》にどこかへ行《い》きませんか？』

と文章《ぶんしょう》を入力《にゅうりょく》してはみたものの、日胡《にこ》は恥《は》ずかしくなった。

「いやいやいや、急《きゅう》に誘《さそ》うとか、キモすぎるでしょ。無理無理無理無理《むりむりむりむり》。」

文章《ぶんしょう》を削除《さくじょ》しはじめたものの、いきなりくしゃみが出《で》て指《ゆび》が滑《すべ》り、「せんか？」だけを削除《さくじょ》した文章《ぶんしょう》を送信《そうしん》してしまった。

「ああっ、最悪《さいあく》!!」

あわてて送信取《そうしんと》り消《け》しボタンを押《お》そうとしたものの、時《とき》すでに遅《おそ》し。既読《きどく》になってしまった。

「……終《お》わった……。」

絶望《ぜつぼう》し、日胡《にこ》はベッドに突《つ》っ伏《ぷ》した。ところが。

即座《そくざ》に受信音《じゅしんおん》が鳴《な》った。

『いいよ。』

新《あらた》からの返事《へんじ》だ。日胡《にこ》は飛《と》び起《お》きた。

「え？　いいの？　ええ??」

ドキドキしながら、いそいそとお礼《れい》を送信《そうしん》する。

『ありがとうございます！』

『いつ？』

「え……!?」

マジで？　本当《ほんとう》に？　と、とまどいつつ、日胡《にこ》は壁《かべ》に貼《は》ったカレンダーを確認《かくにん》する。

「あ、じゃあ……。」

『来週《らいしゅう》の日曜日《にちようび》とかどうですか？』

と送信《そうしん》すると、間髪入《かんはつい》れずにOK《オーケー》のスタンプが返《かえ》ってきた。

「やった！　先輩《せんぱい》とデートだよ～。」

へらへらにやにや頬《ほお》をゆるませた日胡《にこ》だったが、背筋《せすじ》が寒《さむ》い。それになんだかだるい。

「あれ、なんか寒《さむ》っ……。」

自分《じぶん》の額《ひたい》に手《て》を当《あ》ててみる。

「ん？　熱《あつ》い……？」

☆　☆　☆

このとき、日胡《にこ》の体内《たいない》では――。

細胞《さいぼう》たちは昼夜《ちゅうや》を問《と》わず年中無休《ねんじゅうむきゅう》ではたらいている。赤血球《せっけっきゅう》も酸素《さんそ》を運《はこ》んでいたが、またしても道《みち》に迷《まよ》ってしまった。

「暑《あつ》い……。」

何《なん》だか周囲《しゅうい》に熱《ねつ》を感《かん》じ、頭《あたま》がぼうっとしてくる。

汗《あせ》をぬぐいながら、赤血球《せっけっきゅう》は地図《ちず》を広《ひろ》げて道《みち》を確認《かくにん》した。

「あれ？　こっちじゃない？　またまちがえた……。」

だめな自分《じぶん》に赤血球《せっけっきゅう》は大《おお》きなため息《いき》をついた。幼《おさな》いころ、指切《ゆびき》りで約束《やくそく》したのに。

――『おっきくなったら、絶対立派《ぜったいりっぱ》な赤血球《せっけっきゅう》になる。約束《やくそく》！』

あのときの骨髄球《こつずいきゅう》の姿《すがた》を思《おも》いだすと、まだまだ自分《じぶん》もがんばらなくてはと思《おも》う。あんなに幼《おさな》かったのに、あきらめることのないとても勇気《ゆうき》のある少年《しょうねん》だった。

「よし……！」

気合《きあい》を入《い》れなおした赤血球《せっけっきゅう》は、進《すす》むべき方角《ほうがく》を見定《みさだ》めようとした……が、よくわからない。

近《ちか》くの物陰《ものかげ》に、白《しろ》いT《ティー》シャツとブルーのデニム、個性的《こせいてき》なデザインの帽子《ぼうし》をかぶった細《さい》胞《ぼう》がうずくまっていた。結合組織《けつごうそしき》の一種《いっしゅ》……いわゆる一般《いっぱん》の細胞《さいぼう》だ。

あの細胞《さいぼう》さんに道《みち》をきこう、と赤血球《せっけっきゅう》は声《こえ》をかけた。

「あの、すみません。腎臓《じんぞう》に行《い》きたいんですけど。」

立《た》ちあがってふり返《かえ》った細胞《さいぼう》は、青黒《あおぐろ》い顔《かお》で白目《しろめ》をむき、口《くち》をだらしなく開《あ》けて、恐《おそ》ろしい形相《ぎょうそう》だった。

「うわっ!?」

様子《ようす》がおかしい。無言《むごん》でゆらゆらと上体《じょうたい》をゆらしながら、細胞《さいぼう》が両手《りょうて》をかかげて赤血球《せっけっきゅう》に近《ちか》よってくる。

え、え……と赤血球《せっけっきゅう》があとずさったら、周囲《しゅうい》の建物《たてもの》の中《なか》や、路地裏《ろじうら》から、次々《つぎつぎ》に同《おな》じような動《うご》きをするおかしな細胞《さいぼう》が出《で》てきた。

全員《ぜんいん》、とげのような突起《とっき》がたくさんついた毒々《どくどく》しい色《いろ》の丸《まる》い帽子《ぼうし》をかぶっている。

本能的《ほんのうてき》に身《み》の危険《きけん》を感《かん》じ、赤血球《せっけっきゅう》は悲鳴《ひめい》をあげて逃《に》げだした。

同《おな》じころ、赤色骨髄《せきしょくこつずい》にある骨髄学園《こつずいがくえん》の一角《いっかく》では、白血球《はっけっきゅう》が恩師《おんし》の好中球先生《こうちゅうきゅうせんせい》に頼《たの》まれて、骨髄球《こつずいきゅう》や骨髄芽球《こつずいがきゅう》に実戦《じっせん》での動《うご》きを指導《しどう》していた。

人間《にんげん》でたとえるなら十歳《さい》くらいの見《み》た目《め》の骨髄球《こつずいきゅう》たちや、もっと幼《おさな》い骨髄芽球《こつずいがきゅう》が模擬《もぎ》ナイフで斬《き》りかかってくるので、その相手《あいて》をする。

白血球《はっけっきゅう》の動《うご》きは鋭《するど》く、一切《いっさい》のむだがない。余裕《よゆう》で攻撃《こうげき》をかわし、たちまち骨髄芽球《こつずいがきゅう》の少《しょう》年《ねん》の模擬《もぎ》ナイフをたたきおとすと、床《ゆか》に組《く》みふせてしまった。

「動《うご》きが大《おお》きい。」

くやしそうに白血球《はっけっきゅう》を見上《みあ》げる少年《しょうねん》に、模擬《もぎ》ナイフを返《かえ》す。左目《ひだりめ》の下《した》に泣《な》きぼくろがある骨髄芽球《こつずいがきゅう》の少年《しょうねん》だった。

「そこまで！」

と好中球先生《こうちゅうきゅうせんせい》が訓練《くんれん》を止《と》めた。

「どうだ？　現場《げんば》ではたらく白血球《はっけっきゅう》は強《つよ》いだろう？　お前《まえ》たちもがんばるんだぞ。」

「はい！」

と整列《せいれつ》した骨髄球《こつずいきゅう》たちが力強《ちからづよ》い返事《へんじ》をする中《なか》、泣《な》きぼくろの少年《しょうねん》だけは、床《ゆか》にひざをついたままくやしそうに白血球《はっけっきゅう》をにらんでいた。

「クッソーっ！」

少年《しょうねん》がいきなり、模擬《もぎ》ナイフをかまえて白血球《はっけっきゅう》にむかってくる。

それをなんなくかわし、一撃《いちげき》で倒《たお》すと、くやしがる少年《しょうねん》に白血球《はっけっきゅう》はつぶやいた。

「ずいぶんと威勢《いせい》がいいな。」

床《ゆか》に倒《たお》れた泣《な》きぼくろの少年《しょうねん》は上体《じょうたい》を起《お》こし、きっ、と白血球《はっけっきゅう》を見《み》すえた。

「……僕《ぼく》！」

「ん？」

「大《おお》きくなったら、絶対《ぜったい》おにいちゃんみたいな強《つよ》い白血球《はっけっきゅう》になる！」

負《ま》けん気《き》の強《つよ》い少年《しょうねん》に感心《かんしん》した白血球《はっけっきゅう》は、左右《さゆう》の後《うし》ろ腰《ごし》につけている自《みずか》らの戦闘用《せんとうよう》の大《おお》型《がた》ナイフを一本《ぽん》鞘《さや》から引《ひ》きぬくと、彼《かれ》に与《あた》えた。

「待《ま》ってるぞ。」

ナイフのにぶい光《ひかり》を目《め》を輝《かがや》かせて見《み》つめてから、少年《しょうねん》はそれを受《う》け取《と》った。

「ありがとう、おにいちゃん！」

好中球先生《こうちゅうきゅうせんせい》がにやりとして、白血球《はっけっきゅう》に言《い》う。

「ガキのころのお前《まえ》にそっくりだろ。」

ふだん無表情《むひょうじょう》の白血球《はっけっきゅう》がほんの少《すこ》し口《くち》もとをゆるませたとき——ぴんぽーん♪　とレセプターが反応《はんのう》した。同時《どうじ》に女性《じょせい》の声《こえ》のアナウンスが響《ひび》きわたる。

「こちらマクロファージ。体内《たいない》にB型《ビーがた》インフルエンザウイルスが侵入《しんにゅう》しています。」

マクロファージによる抗原提示《こうげんていじ》だ。骨髄学園《こつずいがくえん》の先生《せんせい》のほかにマクロファージの仕事《しごと》として、侵入《しんにゅう》した敵《てき》の正体《しょうたい》を見極《みきわ》め、知《し》らせてくれるというものがある。

それに応《こた》えるヘルパーT細胞《ティーさいぼう》の指令《しれい》もアナウンスされた。

「了解《りょうかい》！　至急《しきゅう》、キラーT細胞《ティーさいぼう》を動員《どういん》します！」

個性的《こせいてき》なデザインの帽子《ぼうし》、と赤血球《せっけっきゅう》が思《おも》ったものはインフルエンザウイルスだった。自前《じまえ》の体《からだ》で動《うご》くモンスターである細菌《さいきん》とちがい、サイズの小《ちい》さいウイルスは細胞《さいぼう》に取《と》りつき、あやつる。

赤血球《せっけっきゅう》をおそったのは、B型《ビーがた》インフルエンザウイルスによってあやつられ、ゾンビにされた細胞《さいぼう》だったのだ。

ウイルスゾンビになった細胞《さいぼう》は、その体《からだ》の中《なか》でウイルスのコピーを作《つく》りだし、ほかの細《さい》胞《ぼう》へ取《と》りつかせてゾンビの仲間《なかま》にする。

増殖《ぞうしょく》したウイルスゾンビの群《む》れに追《お》いかけられ、赤血球《せっけっきゅう》たちや、ほかの細胞《さいぼう》たちは逃《に》げまどった。逃《に》げおくれた細胞《さいぼう》がつかまり、次《つぎ》から次《つぎ》へゾンビにされる。

赤血球《せっけっきゅう》が疲《つか》れ果《は》てて、もうだめだと思《おも》ったとき。

背後《はいご》から大勢《おおぜい》が駆《か》けつける足音《あしおと》がしてきた。見《み》ると、キラーT細胞《ティーさいぼう》とその部下《ぶか》たち、黒《くろ》い戦闘服《せんとうふく》の一団《いちだん》だ。

助《たす》かった……と、赤血球《せっけっきゅう》は建物《たてもの》の陰《かげ》に避難《ひなん》した。戦《たたか》いを見守《みまも》る。

ウイルスゾンビの群《む》れを発見《はっけん》したキラーT細胞《ティーさいぼう》が指示《しじ》した。

「ヤツらウイルスの増殖《ぞうしょく》スピードは細菌《さいきん》とは段違《だんちが》いだ！　油断《ゆだん》すんじゃねえぞ！」

「イエッサー！」

そこへどこからともなく、するりと白血球《はっけっきゅう》が現《あらわ》れた。彼《かれ》の特技《とくぎ》、壁《かべ》をすりぬけてくる遊《ゆう》走《そう》だろう。

「キラーT《ティー》、援護《えんご》に来《き》てくれてたのか。」

「俺《おれ》らが来《き》たからにはもう大丈夫《だいじょうぶ》だ。お前《まえ》らは引《ひ》っこんでろ！　行《い》くぞっ！」

激《はげ》しい戦闘《せんとう》が始《はじ》まった。

さらにやってきた白血球《はっけっきゅう》の好中球《こうちゅうきゅう》たちも加勢《かせい》して、片《かた》っ端《ぱし》からウイルスゾンビをナイフで斬《き》り倒《たお》してゆく。キラーT細胞《ティーさいぼう》たちは武器《ぶき》ではなく、こぶしでなぐりつぶしている。

見《み》ているだけで、役《やく》に立《た》っていない、と赤血球《せっけっきゅう》が思《おも》ったときにはすでに遅《おそ》く、周囲《しゅうい》で始《はじ》まった激《はげ》しい戦《たたか》いから逃《に》げだせるような状況《じょうきょう》ではなくなっていた。

かつては仲間《なかま》だったはずの細胞《さいぼう》たちがゾンビとして次々《つぎつぎ》に倒《たお》されてゆく、悲惨《ひさん》な現場《げんば》となった。

その中《なか》でも、特《とく》にすばやい動《うご》きでゾンビの屍体《したい》の山《やま》を築《きず》いている、ひとりの免疫細胞《めんえきさいぼう》がいる。ひときわ大《おお》きなナイフを振《ふ》り回《まわ》し、黒《くろ》いノースリーブのシャツと濃《こ》い緑《みどり》の戦闘《せんとう》ズボン……引《ひ》きしまった体《からだ》つきのカッコいいおねえさんだ。

戦《たたか》いの流《なが》れで接近《せっきん》してきたキラーT細胞《ティーさいぼう》に、彼女《かのじょ》は冷《つめ》たく言《い》い放《はな》った。

「遅《おそ》い。」

「NK《エヌケー》……！　てめぇ、俺《おれ》らの手柄《てがら》を横《よこ》どりしやがって！」

彼女《かのじょ》の名前《なまえ》はNK細胞《エヌケーさいぼう》。一匹狼《いっぴきおおかみ》のフリー戦闘員《せんとういん》……孤高《ここう》の殺《ころ》し屋《や》だ。

キラーT細胞《ティーさいぼう》がNK細胞《エヌケーさいぼう》につっかかっていこうとしたので、白血球《はっけっきゅう》は止《と》めようとした。

ケンカしている場合《ばあい》じゃない。

「おい、やめろ。」

しかし振《ふ》りあげた右手《みぎて》がキラーT細胞《ティーさいぼう》の顔《かお》にクリーンヒット、キラーT細胞《ティーさいぼう》が痛《いた》がる。

NK細胞《エヌケーさいぼう》がバカにしたように言《い》った。

「すぐにオラつくな。しょせんヘルパーT細胞《ティーさいぼう》の指示《しじ》なしでは動《うご》けない、お子《こ》ちゃま戦闘《せんとう》員《いん》が。」

「何《なん》だと⁉」

ムッとするキラーT細胞《ティーさいぼう》を鼻《はな》で笑《わら》い、NK細胞《エヌケーさいぼう》は続《つづ》けた。

「群《む》れて戦《たたか》うことしかできないだろ。その点《てん》、このあたしはたったひとりで自由《じゆう》に身体中《からだじゅう》を動《うご》き回《まわ》ることができる。あたしは生《う》まれながらの殺《ころ》し屋《や》。ナチュラルキラー、NK細胞《エヌケーさいぼう》様《さま》だ！」

「何《なに》がナチュラルだ。相変《あいか》わらずナルシスト野郎《やろう》だな、てめぇはっ。」

「もういっぺん言《い》ってみろ。」

言《い》い争《あらそ》うNK細胞《エヌケーさいぼう》とキラーT細胞《ティーさいぼう》のあいだに、白血球《はっけっきゅう》は割《わ》って入《はい》った。

「ケンカしてる場合《ばあい》か。見《み》ろ、むかってくるぞ。」

街《まち》の奥《おく》から、新《あら》たなウイルスゾンビの群《む》れが押《お》しよせてくる。

「どけ！」

とキラーT細胞《ティーさいぼう》を押《お》しのけ、NK細胞《エヌケーさいぼう》が戦闘用《せんとうよう》ナイフをかまえた。

「あたしひとりで充分《じゅうぶん》だ！」

猛《もう》ダッシュでウイルスゾンビの群《む》れに突《つ》っこんでゆく。

キラーT細胞《ティーさいぼう》が部下《ぶか》たちに発破《はっぱ》をかけた。

「手柄横取《てがらよこど》りされてたまるかよっ。お前《まえ》ら、行《い》くぞ！」

「イエッサー!!」

キラーT細胞《ティーさいぼう》の一団《いちだん》も、負《ま》けじと突《つ》っこんでいった。

おろおろするばかりの赤血球《せっけっきゅう》に気《き》づいた白血球《はっけっきゅう》が、建物《たてもの》の陰《かげ》を目線《めせん》で示《しめ》しながらうながした。

「お前《まえ》は下《さ》がっていろ。」

「あ……はい。」

しかし、それでも何《なに》か役《やく》に立《た》てることはないのか、赤血球《せっけっきゅう》が迷《まよ》った一瞬《いっしゅん》、免疫細胞《めんえきさいぼう》たちが討《う》ちもらしたウイルスゾンビが彼女《かのじょ》をおそう。悲鳴《ひめい》をあげる赤血球《せっけっきゅう》を、間一髪《かんいっぱつ》、もどってきたキラーT細胞《ティーさいぼう》が助《たす》けてくれた。白血球《はっけっきゅう》もゾンビを一撃《いちげき》で仕留《しと》める。

キラーT細胞《ティーさいぼう》はさらに奥《おく》の建物《たてもの》を示《しめ》し、厳《きび》しい声《こえ》で叱《しか》った。

「邪魔《じゃま》だ！　下《さ》がってろ！」

赤血球《せっけっきゅう》は落《お》ちこみながら避難《ひなん》した。

白血球《はっけっきゅう》たちはいつも助《たす》けてくれるのに、自分《じぶん》は彼《かれ》らの役《やく》に立《た》てない。足手《あしで》まといになってばかりだ……と。

戦闘《せんとう》が一段落《いちだんらく》し、建物《たてもの》の陰《かげ》でうずくまっていた赤血球《せっけっきゅう》を、白血球《はっけっきゅう》が温泉《おんせん》へ連《つ》れていってくれた。鼻《はな》の穴《あな》にある足湯《あしゆ》だ。

洞窟《どうくつ》のような場所《ばしょ》に湯気《ゆげ》が満《み》ち、温《あたた》かなお湯《ゆ》に足《あし》を浸《ひた》して、休《やす》むことができる。赤血球《せっけっきゅう》たちの好物《こうぶつ》である甘《あま》い温泉《おんせん》まんじゅうもある。

「……身体《からだ》の中《なか》にこんな場所《ばしょ》があったんですね。」

白血球《はっけっきゅう》が説明《せつめい》した。

「ここ鼻腔《びくう》ではな、一日約一《いちにちやく》リットルの粘液《ねんえき》がわきだしている。これが鼻水《はなみず》となって、ホコリやカビ、ウイルスを洗《あら》い流《なが》してくれるんだ。」

「あったかいですね……。」

うつむいたまま、気《き》のない返事《へんじ》をする赤血球《せっけっきゅう》に、白血球《はっけっきゅう》がたずねた。

「どうした？」

「え？」

「さっきから、下《した》ばかり見《み》ている。」

赤血球《せっけっきゅう》は少《すこ》しためらってから、正直《しょうじき》に答《こた》えた。

「……みなさんが、うらやましくて。」

「ん？」

「いろんな役割《やくわり》があって、この体《せかい》を守《まも》るために必死《ひっし》に敵《てき》と戦《たたか》って、カッコよくて……。私《わたし》なんて、ただ酸素《さんそ》を運《はこ》ぶことしかできないのに……。」

自分《じぶん》で言《い》っていて悲《かな》しくなる。

「道《みち》に迷《まよ》ってばかりで……立派《りっぱ》な赤血球《せっけっきゅう》になるって、約束《やくそく》したのに……。」

「そんなことはない。」

白血球《はっけっきゅう》がきっぱりと言《い》ったので、赤血球《せっけっきゅう》はおどろいて、彼《かれ》の顔《かお》を思《おも》わずじっと見《み》つめた。

「俺《おれ》たち白血球《はっけっきゅう》がパトロールして敵《てき》を見《み》つけて、マクロファージが敵《てき》の情報《じょうほう》を教《おし》えてくれる。そのおかげでヘルパーT細胞《ティーさいぼう》が指示《しじ》を出《だ》せて、キラーT細胞《ティーさいぼう》たちもやってきて、みんなで敵《てき》をやっつける。

それぞれがプライドを持《も》って仕事《しごと》をしている。お前《まえ》だってその一員《いちいん》だ。俺《おれ》たちが戦《たたか》えるのは、お前《まえ》ら赤血球《せっけっきゅう》がいつも酸素《さんそ》を運《はこ》んでくれるからだ。」

力強《ちからづよ》く断言《だんげん》する白血球《はっけっきゅう》に、赤血球《せっけっきゅう》は胸《むね》が熱《あつ》くなった。

「俺《おれ》たちはみんな、同《おな》じ身体《からだ》の中《なか》ではたらく仲間《なかま》だろ。だから……お前《まえ》はよくがんばっている。」

白血球《はっけっきゅう》が赤血球《せっけっきゅう》の頭《あたま》を軽《かる》くぽんぽんとたたく。

だれかから認《みと》められたのが初《はじ》めてで、うれしくて赤血球《せっけっきゅう》の目《め》から涙《なみだ》がこぼれた。

いきなり泣《な》かれ、わけがわからない白血球《はっけっきゅう》がおおいにとまどう。

「え……⁇」

「ありがとうございます……。」

「あ、いや……どういたしまして。」

照《て》れてそっぽをむき、もじもじする白血球《はっけっきゅう》に、赤血球《せっけっきゅう》は泣《な》き笑《わら》いした。

☆　☆　☆

免疫細胞《めんえきさいぼう》の活躍《かつやく》で、日胡《にこ》の体内《たいない》からB型《ビーがた》インフルエンザウイルスはいなくなった。

翌週《よくしゅう》の日曜日《にちようび》。

よく晴《は》れた冬《ふゆ》の休日《きゅうじつ》に日胡《にこ》はぶじ、新《あらた》と水族館《すいぞくかん》でデートできることになった。

日胡《にこ》が団地《だんち》から出《で》てくると、前《まえ》の道路《どうろ》で新《あらた》が待《ま》っている。約束《やくそく》の時間《じかん》よりも少《すこ》し早《はや》いというのに。

あせりつつ日胡《にこ》は駆《か》けよった。

「先輩《せんぱい》！　おはようございます。」

「おはよう。」

新《あらた》のさわやかな顔《かお》は今日《きょう》もすてきだ。

「待《ま》たせちゃってすみません。」

「ううん。行《い》こっか。」

「はいっ。」

ふたりは並《なら》んで歩《ある》きだした。

「体調《たいちょう》、もう大丈夫《だいじょうぶ》？　インフルエンザだったって。」

「大丈夫《だいじょうぶ》です。超元気《ちょうげんき》です！」

心配《しんぱい》してくれる新《あらた》の横顔《よこがお》を見上《みあ》げ、日胡《にこ》は元気《げんき》に答《こた》えた。にっこりする新《あらた》の笑顔《えがお》が輝《かがや》いて見《み》えて、日胡《にこ》の顔《かお》がほてってくる。心臓《しんぞう》もバクバクと音《おと》を立《た》てる。

☆　☆　☆

日胡《にこ》の体内《たいない》では、またしてもＤＪ《ディージェー》の姿《すがた》の神経細胞《しんけいさいぼう》がノリノリでアゲアゲのアナウンスを始《はじ》めた。

「ラブラブだぜ！　めっちゃ、めちゃめちゃ、アガっていこう‼」

陽気《ようき》な音楽《おんがく》が流《なが》れ、アドレナリンダンサーたちがくりだして、全身《ぜんしん》が大興奮状態《だいこうふんじょうたい》になる。

☆　☆　☆

一方《いっぽう》、同《おな》じころ、茂《しげる》は運送会社《うんそうがいしゃ》の駐車場《ちゅうしゃじょう》で大型《おおがた》トラックに乗《の》ろうとしていた。日曜日《にちようび》だが急《いそ》ぎの仕事《しごと》があるというので、出勤《しゅっきん》したのだ。

運転席《うんてんせき》の茂《しげる》に前田社長《まえだしゃちょう》が声《こえ》をかけた。

「日胡《にこ》ちゃん、デートだって？　もう年《とし》ごろだもんね。」

「変《へん》な野郎《やろう》じゃなきゃいいんですけどね。じゃ、行《い》ってきます。」

「休《やす》みのとこ、悪《わる》いね。これ、よかったら食《た》べて。」

ゆでたトウモロコシ一本《ぽん》とニンニクのきいたスナック菓子《がし》を、社長《しゃちょう》が差《さ》し入《い》れにくれた。

「どうも。じゃ。」

「よろしく。」

茂《しげる》は社長《しゃちょう》が事務所《じむしょ》へもどるのを見送《みおく》りつつ、トラックを発車《はっしゃ》させた。


日胡《にこ》と新《あらた》は水族館《すいぞくかん》へやってきた。まずシャチのショーを見《み》る。飼育員《しいくいん》の指示《しじ》に合《あ》わせて、シャチがプールでジャンプしたり、ダンスしたり、豪快《ごうかい》なパフォーマンスをする。

シャチがわざとはね飛《と》ばす水《みず》を、ふたりをふくめた観客《かんきゃく》たちが頭《あたま》からかぶってしまった。レインコートとビニールシートで防水対策《ぼうすいたいさく》をしているとはいえ、きゃーっ、冷《つめ》たい、とふたりは大騒《おおさわ》ぎだ。

☆　　☆　　☆

日胡《にこ》の体内《たいない》では、神経細胞《しんけいさいぼう》のＤＪ《ディージェー》パフォーマンスが絶好調《ぜっこうちょう》だ。最高《さいこう》にノリのいい曲《きょく》のメドレーで細胞《さいぼう》たち全員大盛《ぜんいんおおも》り上《あ》がり。

「イエイ！　フォー――!!　ポンポンポンポン！　イエーイ!!　ラブラブ・ドゥ・ダンス！」

普段《ふだん》はお堅《かた》いヘルパーＴ細胞《ティーさいぼう》までもが司令室《しれいしつ》で踊《おど》りだす。

「はい、もっとジャンプして！　ＧＯ《ゴー》！　ＧＯ《ゴー》！　ＧＯ《ゴー》！」

司令室《しれいしつ》では、一緒《いっしょ》にはたらく制御性Ｔ細胞《せいぎょせいティーさいぼう》などをも踊《おど》りに巻《ま》きこまれる。

「カモン！　ポンポンポンポン！　ラブラブ・ドゥ・ダンス！　みんな盛《も》り上《あ》がっていこうぜーっ!!」

☆　☆　☆

胸《むね》のどきどきが収《おさ》まらないまま、日胡《にこ》は新《あらた》と水族館内《すいぞくかんない》を見学《けんがく》した。イワシの群《む》れのトルネードが見《み》ものの巨大《きょだい》な水槽《すいそう》にやってくる。

「キレイ……キラキラしてる。」

ダイナミックに泳《およ》ぐ魚《さかな》たちを、日胡《にこ》はながめた。

「久《ひさ》しぶりに来《き》たなあ。」

「そうなの？」

と新《あらた》がきく。日胡《にこ》はなつかしくなって語《かた》った。

「はい。昔《むかし》ね、学校《がっこう》が休《やす》みになるとママがよく連《つ》れてきてくれて、大好《だいす》きだったんです、水族館《すいぞくかん》。」

「さすがにもう一緒《いっしょ》には行《い》かないか。」

「行《い》けるなら行《い》きたいんですけどね。」

ふくみのある答《こた》えに、新《あらた》がはっとして日胡《にこ》を見《み》つめる。日胡《にこ》はわざと明《あか》るく言《い》った。

「死《し》んじゃったんです。私《わたし》が九歳《さい》のときに、病気《びょうき》で。」

「そうだったんだ……。そっか、だから、医学部《いがくぶ》に進《すす》みたいって。」

「はい。」

しんみりした新《あらた》を、日胡《にこ》はフォローしようとした。話題《わだい》をさがす。

「あ、このマフラーね。」

と、巻《ま》いていた白《しろ》い手編《てあ》みのマフラーの先《さき》をつまみあげる。

「ママが病室《びょうしつ》で編《あ》んでくれていたんです。でも……途中《とちゅう》で編《あ》めなくなっちゃって。ほら、これ。」

端《はし》のほうだけ編《あ》み目《め》がぐちゃぐちゃに乱《みだ》れている。

「途中《とちゅう》から編《あ》み目《め》が粗《あら》いし、全然模様《ぜんぜんもよう》が合《あ》ってない。父《ちち》がね、どうしてもママからのプレゼントを完成《かんせい》させるって、続《つづ》きを編《あ》んでくれたんです。」

日胡《にこ》は笑《わら》ったが、新《あらた》は複雑《ふくざつ》そうな表情《ひょうじょう》のままだった。

「だから、なんか気《き》に入《い》ってて……。」

「俺《おれ》なんかより、ずっとしっかりしてんな……。」

「そんなことないですよ。」

差《さ》し入《い》れのトウモロコシとニンニクのきいたスナック菓子《がし》を食《た》べ終《お》え、荷物《にもつ》の配送《はいそう》も済《す》ませて、茂《しげる》は帰路《きろ》の高速道路《こうそくどうろ》を走《はし》っていた。カーラジオをつけると、お気《き》に入《い》りの曲《きょく》がちょうど流《なが》れてきた。曲《きょく》に合《あ》わせてご機嫌《きげん》で歌《うた》う。

「♪絶対《ぜったい》負《ま》けない～　けっして曲《ま》げない～　だれにも負《ま》けない強《つよ》い気持《きも》ちがあったら――。」

そのとき茂《しげる》のお腹《なか》から、ぐるるるぅ、と奇妙《きみょう》な音《おと》が聞《き》こえた。

と同時《どうじ》に、下《した》っ腹《ぱら》が痛《いた》みだす。

☆　　☆　　☆

ここは茂《しげる》の体内《たいない》、大腸《だいちょう》の終点《しゅうてん》。肛門《こうもん》と呼《よ》ばれる場所《ばしょ》だ。

肛門《こうもん》は洞窟《どうくつ》のような場所《ばしょ》だ。鼻《はな》の穴同様《あなどうよう》、外界《がいかい》に通《つう》じている。外界《がいかい》に出《で》てしまったら、もう二度《にど》とここにはもどってこられない。

洞窟《どうくつ》の奥《おく》には、外界《がいかい》への出口《でぐち》の穴《あな》が虚空《こくう》にむかって開《ひら》いている。

その穴《あな》の前《まえ》に、屈強《くっきょう》な体格《たいかく》をした巨漢《きょかん》の細胞《さいぼう》たちが、肩《かた》を組《く》んで横一列《よこいちれつ》になっていた。人間《にんげん》の世界《せかい》でたとえるなら、ラグビー選手《せんしゅ》たちがスクラムの一列《れつ》を組《く》んでいるような姿《すがた》だ。

彼《かれ》らの名前《なまえ》は外肛門括約筋《がいこうもんかつやくきん》。

大便《だいべん》を外界《がいかい》に出《だ》すタイミングを管理《かんり》するのが仕事《しごと》だ。人間《にんげん》という生物《せいぶつ》は、大便《だいべん》を出《だ》すタイミングにとても気《き》をつかう。大脳《だいのう》という指揮官《しきかん》の指示《しじ》がなくては、大便《だいべん》を出《だ》してはならないのだ。

リーダーが仲間《なかま》たちをはげました。

「いいか、命《いのち》を惜《お》しむなよ。俺《おれ》たちはなるべくしてなった最強筋肉《さいきょうきんにく》だ。大脳《だいのう》から指令《しれい》が出《で》るまで締《し》め続《つづ》けろ。ゆるめて出《だ》すなよ。」

「よぉし!」

と仲間《なかま》たちが声《こえ》をそろえる。

「ヤツら内肛門括約筋《ないこうもんかつやくきん》の押《お》し出《だ》しに負《ま》けんじゃねぇぞ！」

がっちりスクラムを組《く》んで姿勢《しせい》を低《ひく》くする外肛門括約筋《がいこうもんかつやくきん》たちと向《む》かいあうのは、さらに巨体《きょたい》の細胞《さいぼう》たち。内肛門括約筋《ないこうもんかつやくきん》という。人間《にんげん》の世界《せかい》でたとえるなら、大相撲《おおずもう》の力士《りきし》のようなかんじだ。

その巨体《きょたい》がずらりと並《なら》んでいるさらに後《うし》ろには、大量《たいりょう》の大便《だいべん》が押《お》しよせてきていた。くさい……。

外肛門括約筋《がいこうもんかつやくきん》のリーダーがさらにはげます。

「ここは俺《おれ》らが守《まも》ってんだ。プライド持《も》て。一瞬《いっしゅん》でも気《き》をぬくな！　排便垂《はいべんた》れ流《なが》すな！」

「よぉし！」

「お前《まえ》らひとりひとりが持《も》つ力《ちから》で締《し》めあげろ！」

「よぉし！」

ちょうどそこへ、「ＡＡ《エーエー》２１５３」のバッジを赤《あか》い帽子《ぼうし》につけ、メガネをかけた新米赤血球《しんまいせっけっきゅう》が、仲《なか》よくなったいつもの先輩赤血球《せんぱいせっけっきゅう》とともに酸素《さんそ》の配達《はいたつ》にやってきた。

「お疲《つか》れさまです。酸素《さんそ》をお届《とど》けに来《き》ま……した……。」

ずらりと横《よこ》に並《なら》んだ巨漢《きょかん》と巨体《きょたい》がにらみあい、一触即発《いっしょくそくはつ》でぴりぴりした雰囲気《ふんいき》に、メガネの新米赤血球《しんまいせっけっきゅう》はおびえた。

「……あの……。」

「ここに置《お》いておけ。」

先輩《せんぱい》が足《あし》もとを示《しめ》す。

「ここはデンジャラスゾーンだ。」

「え？」

「新米《しんまい》……俺《おれ》はお前《まえ》を失《うしな》いたくないんだ。」

意味《いみ》がわからず、新米赤血球《しんまいせっけっきゅう》は首《くび》をかしげた。

がっちりとスクラムを組《く》んだ外肛門括約筋《がいこうもんかつやくきん》たちが心《こころ》を一つにするために歌《うた》いはじめた。

歌声《うたごえ》に負《ま》けないよう、先輩《せんぱい》が大声《おおごえ》を張《は》りあげて説明《せつめい》する。

「前《まえ》に来《き》たときもひどい目《め》にあったんだ。タイミング悪《わる》くあの瞬間《しゅんかん》がおとずれ、何人《なんにん》もの仲間《なかま》たちが……。」

思《おも》いだしたのか先輩《せんぱい》は震《ふる》えあがった。

外肛門括約筋《がいこうもんかつやくきん》と内肛門括約筋《ないこうもんかつやくきん》の対立《たいりつ》のあおりをくらって、たまたまそばにいた赤血球《せっけっきゅう》たちが外界《がいかい》に押《お》しだされていった……そう、茂《しげる》の健康診断結果《けんこうしんだんけっか》にあった「便潜血《べんせんけつ》」とは、そのときのことだったのだ。

がたがたと震《ふる》えが止《と》まらない先輩《せんぱい》に、新米赤血球《しんまいせっけっきゅう》は心配《しんぱい》になった。

「先輩《せんぱい》、大丈夫《だいじょうぶ》ですか？」

「ああ。さあ、次《つぎ》は睾丸《こうがん》だ。早《はや》く行《い》くぞ。」

そのときサイレンが鳴《な》り響《ひび》き、警報用《けいほうよう》の回転灯《かいてんとう》が光《ひか》った。外肛門括約筋《がいこうもんかつやくきん》たちの表情《ひょうじょう》が険《けわ》しくなる。

何《なん》だ？　と新米赤血球《しんまいせっけっきゅう》がきょろきょろすると、先輩《せんぱい》があせったようすでさけんだ。

「ウソだろ!?　何《なん》でまた俺《おれ》が来《き》たときに……。新米《しんまい》、まずいぞ！」

頭上《ずじょう》のスピーカーから男性《だんせい》の低《ひく》い声《こえ》でアナウンスが流《なが》れた。

「直腸内圧上昇《ちょくちょうないあつじょうしょう》！　これより排便態勢《はいべんたいせい》に入《はい》ります！」

「排便《はいべん》……？」

と、初《はじ》めての状況《じょうきょう》に新米赤血球《しんまいせっけっきゅう》はとまどった。

アナウンスを聞《き》いた外肛門括約筋《がいこうもんかつやくきん》たちがスクラムを解《と》いた。リーダーが指示《しじ》する。

「道《みち》を空《あ》けろ。」

外肛門括約筋《がいこうもんかつやくきん》たちが左右《さゆう》に分《わ》かれ、出口《でぐち》にむかう通路《つうろ》を開《ひら》いた。

きょとんとしている新米赤血球《しんまいせっけっきゅう》に、先輩《せんぱい》がいらだった顔《かお》で説明《せつめい》する。

「ウンチだよ！　ウンチを出《だ》そうとしてるんだ。」

「ウンチ!?」

力士《りきし》のような内肛門括約筋《ないこうもんかつやくきん》たちの後《うし》ろで、くさい大便《だいべん》たちが『出《だ》させろ。』と言《い》いたげにもぞもぞざわざわうごめいている。

☆　☆　☆

高速道路《こうそくどうろ》で大型《おおがた》トラックを運転中《うんてんちゅう》の茂《しげる》は、自分《じぶん》の体《からだ》に起《お》きた現象《げんしょう》を察知《さっち》していた。この下《した》っ腹《ぱら》の痛《いた》み……大便《だいべん》が出《で》そうだ。

しかし、運転中《うんてんちゅう》に大便《だいべん》をもらすわけにはいかない。

奥歯《おくば》をかみしめ、腹痛《ふくつう》に耐《た》える茂《しげる》の視界《しかい》に、この先《さき》の距離《きょり》を示《しめ》す緑《みどり》の案内板《あんないばん》が飛《と》びこんできた。

『パーキングエリア　10 km《キロメートル》』

「あっ……よし、耐《た》えろ……耐《た》えろ……。」

パーキングエリアに着《つ》いたら、トイレに駆《か》けこめる。それまで耐《た》えるんだ。

☆　　☆　　☆

先輩赤血球《せんぱいせっけっきゅう》が新米赤血球《しんまいせっけっきゅう》にどなった。

「ここにいては巻《ま》きぞえを食《く》う！　逃《に》げるぞ！」

新米赤血球《しんまいせっけっきゅう》の腕《うで》が引《ひ》っぱられた瞬間《しゅんかん》、またサイレンが鳴《な》り、アナウンスが響《ひび》いた。

「緊急事態《きんきゅうじたい》！　緊急事態《きんきゅうじたい》！　至急排便《しきゅうはいべん》を阻止《そし》！　くり返《かえ》す、至急排便《しきゅうはいべん》を阻止《そし》！」

大脳《だいのう》の指揮官《しきかん》からの命令《めいれい》だ。

外肛門括約筋《がいこうもんかつやくきん》たちがリーダーの指示《しじ》でふたたび集《あつ》まってきた。

「道《みち》をふさげ！」

がっちりとスクラムを組《く》み、筋肉《きんにく》の壁《かべ》を作《つく》って出口《でぐち》への道《みち》をぴたりとふさぐ。

がんばる外肛門括約筋《がいこうもんかつやくきん》たちに酸素《さんそ》を届《とど》けて応援《おうえん》するため、赤血球《せっけっきゅう》たちも集《あつ》まってきた。

この展開《てんかい》に、先輩《せんぱい》があせりまくった。

「クッソ……！　早《はや》く行《い》くぞ、新米《しんまい》！」

先輩《せんぱい》が新米赤血球《しんまいせっけっきゅう》の手《て》を引《ひ》っぱって逃《に》げようとするが、時《とき》すでに遅《おそ》し。

集《あつ》まってくる赤血球《せっけっきゅう》たちの流《なが》れに逆《さか》らえず、逆《ぎゃく》に外肛門括約筋《がいこうもんかつやくきん》のスクラムに近《ちか》づいてしまう。脇《わき》で見《み》ていたはずが真《ま》ん前《まえ》で、しかも触《ふ》れられそうな近《ちか》さだ。

理解《りかい》が追《お》いつかない新米赤血球《しんまいせっけっきゅう》はたずねた。

「何《なに》が起《お》きているんですか？」

「『今《いま》は出《だ》すな。』と大脳《だいのう》から指令《しれい》が出《で》たんだ。」

☆　☆　☆

茂《しげる》はトラックを走《はし》らせ、『パーキングエリア　1km《キロメートル》』の案内板《あんないばん》まで来《き》た。

「ダメだ……もれる……。」

茂《しげる》は必死《ひっし》に便意《べんい》をがまんした。歌《うた》って意識《いしき》を便意《べんい》からそらす。

「♪絶対負《ぜったいま》けない～　けっして曲《ま》げない～。」

あと少《すこ》しだ。

「♪だれにも負《ま》けない強《つよ》い気持《きも》ち――。」

ところが、日曜日《にちようび》のパーキングエリアはおでかけした人々《ひとびと》で混雑《こんざつ》しているらしく、進入《しんにゅう》路《ろ》がファミリーカーで渋滞《じゅうたい》している。

「え⁉」

トラックは進《すす》めず、たちまち進入路《しんにゅうろ》で停止《ていし》してしまった。

「おい、ウソだろ⁇」

絶望《ぜつぼう》で茂《しげる》の表情《ひょうじょう》がゆがんだ。ますます腹《はら》が痛《いた》くなってきた。

☆　☆　☆

肛門《こうもん》で激《はげ》しい攻防《こうぼう》が開始《かいし》された。

どすこい、どすこい、と内肛門括約筋《ないこうもんかつやくきん》たちが、外肛門括約筋《がいこうもんかつやくきん》たちのスクラムを押《お》してくずそうとする。その内肛門括約筋《ないこうもんかつやくきん》の巨体《きょたい》のあいだをすりぬけるようにして、大便《だいべん》の一部《いちぶ》が流《なが》れだしそうになる。

外肛門括約筋《がいこうもんかつやくきん》のリーダーが命《めい》じた。

「一粒《ひとつぶ》たりとも外《そと》に出《だ》すなーっ。」

「おおーっ!!」

新米赤血球《しんまいせっけっきゅう》と先輩赤血球《せんぱいせっけっきゅう》は、どすこい、どすこい、と押《お》され、勢《いきお》いでスクラムに取《と》りこまれてしまった。外肛門括約筋《がいこうもんかつやくきん》たちと肩《かた》を組《く》むはめになったのだ。

流《なが》れだそうとする大便《だいべん》からは、ニンニク臭《しゅう》のまじった強烈《きょうれつ》なにおいが発《はっ》せられている。

「くっさ……。」

吐《は》き気《け》がしてメガネの新米赤血球《しんまいせっけっきゅう》は顔《かお》をゆがめた。鼻《はな》をつまみたくても、肩《かた》を組《く》んでしまっているので腕《うで》が自由《じゆう》にならない。先輩《せんぱい》もぼやく。

「激臭《げきしゅう》だ。何《なに》を摂取《せっしゅ》したら、こんなにおいになるんだ？」

外肛門括約筋《がいこうもんかつやくきん》のリーダーが発破《はっぱ》をかける。

「もっと力《ちから》をこめろ！　流《なが》れだすぞ！」

「おおーっ!!」

新米赤血球《しんまいせっけっきゅう》と先輩《せんぱい》も外肛門括約筋《がいこうもんかつやくきん》たちと一緒《いっしょ》になって、内肛門括約筋《ないこうもんかつやくきん》たちのどすこい攻《こう》撃《げき》に必死《ひっし》に耐《た》える。顔《かお》に張《は》り手《て》をくらい、新米赤血球《しんまいせっけっきゅう》は痛《いた》みで顔《かお》をゆがめながらわめいた。

「どうなってんだよ!?　大脳《だいのう》が出《だ》すなって言《い》ってるのに!!」

「内肛門括約筋《ないこうもんかつやくきん》めーっ。」

先輩《せんぱい》とふたりでにらみつけるが、内肛門括約筋《ないこうもんかつやくきん》たちは無表情《むひょうじょう》でぶつぶつ言《い》うばかりだ。

「早《はや》く出《だ》させろ！　なぜ止《と》めるんだ！」と。

先輩《せんぱい》が新米赤血球《しんまいせっけっきゅう》の疑問《ぎもん》に答《こた》えてくれた。

「こいつらには大脳《だいのう》の指令《しれい》は届《とど》かない。便《べん》が直腸《ちょくちょう》にたどりつくと、外《そと》に便《べん》を出《だ》そうとするためだけの単純《たんじゅん》な……うっ……連中《れんちゅう》だ……!!」

大脳《だいのう》の指揮官《しきかん》の指示《しじ》を聞《き》いているのは、スクラムを組《く》んだ外肛門括約筋《がいこうもんかつやくきん》だけということだ。

内肛門括約筋《ないこうもんかつやくきん》たちのさらなる突《つ》っ張《ぱ》り攻撃《こうげき》に耐《た》え、脂汗《あぶらあせ》を浮《う》かべた先輩《せんぱい》がうめくように言《い》う。

「まずいぞ……！　このままでは突破《とっぱ》されてしまう……！　ここでふんばらないと、俺《おれ》たちも便《べん》と一緒《いっしょ》に流《なが》されるぞ！」

外肛門括約筋《がいこうもんかつやくきん》のリーダーが絶叫《ぜっきょう》した。

「押《お》しもどせーっ。」

「おおぉぅーっ。」

この激《はげ》しい押《お》しあいが、茂《しげる》には「腹痛《ふくつう》」として感《かん》じられている。

☆　☆　☆

茂《しげる》はようやくパーキングエリアに到着《とうちゃく》した。トラックから飛《と》び降《お》り、お尻《しり》を押《お》さえながらトイレへと内股《うちまた》でちょこまか走《はし》る。

しかし……トイレも激混《げきこ》みだった。個室《こしつ》の前《まえ》には長《なが》い行列《ぎょうれつ》ができている。

茂《しげる》は絶望《ぜつぼう》した。冷《つめ》たいような熱《あつ》いような変《へん》な汗《あせ》が全身《ぜんしん》から噴《ふ》きでてくる。

☆　☆　☆

流《なが》れでそうな大便《だいべん》を必死《ひっし》に押《お》しもどす外肛門括約筋《がいこうもんかつやくきん》たちのスクラム。

そのとき、同《おな》じく外肛門括約筋《がいこうもんかつやくきん》たちのスクラムに、より出口《でぐち》に近《ちか》いほうで巻《ま》きこまれていた赤血球《せっけっきゅう》たちが、悲鳴《ひめい》をあげた。

新米赤血球《しんまいせっけっきゅう》がふりむくと、圧力《あつりょく》に耐《た》えきれなくなった赤血球《せっけっきゅう》たちのグループが振《ふ》りちぎられ、出口《でぐち》のすぐ脇《わき》にある洞窟《どうくつ》の壁《かべ》の中《なか》へ吸《す》いこまれていったのがちらりと見《み》えた。

「き、消《き》えた……!?　え、出《で》ちゃったんですか??」

先輩赤血球《せんぱいせっけっきゅう》が答《こた》えた。

「いや、今《いま》のは……切《き》れ痔《ぢ》だ。」

茂《しげる》の肛門《こうもん》には切《き》れ痔《じ》の傷口《きずぐち》があるのだ。内側《うちがわ》から圧力《あつりょく》がかかると傷口《きずぐち》が開《ひら》き、近《ちか》くにいた赤血球《せっけっきゅう》たちが外界《がいかい》に流《なが》れていってしまう。

新米赤血球《しんまいせっけっきゅう》はショックを受《う》けた。

「切《き》れ痔《じ》!?　いったいどれだけこの身体《からだ》は僕《ぼく》たちを苦《くる》しめるんだ！」

☆　☆　☆

パーキングエリアの男子《だんし》トイレ。

清掃中《せいそうちゅう》だった個室《こしつ》が使《つか》えるようになり、使用中《しようちゅう》だった個室《こしつ》からトイレットペーパーをからからと回《まわ》して取《と》る音《おと》や、水《みず》を流《なが》す音《おと》が聞《き》こえてくる。

茂《しげる》はほっとした。同《おな》じようにお尻《しり》を押《お》さえて顔《かお》をゆがめた前《まえ》に並《なら》んでいる人《ひと》と、うなずきあう。

あとほんの少《すこ》し、あとちょっとのガマンだ！

☆　　☆　　☆

外肛門括約筋《がいこうもんかつやくきん》たちのスクラムはもう、腕《うで》がちぎれそうなほどに押《お》しまくられていた。

「耐《た》えろ！　耐《た》えろ！　耐《た》えろっ!!」

新米赤血球《しんまいせっけっきゅう》は苦痛《くつう》にうめいた。

「……もう……限界《げんかい》……。」

「しっかりしろ！　新米《しんまい》……っ!!」

そのとき、アナウンスが聞《き》こえた。

「開門《かいもん》します！　開門《かいもん》します！」

外肛門括約筋《がいこうもんかつやくきん》のリーダーが息《いき》を切《き》らせながら指示《しじ》した。

「肛門《こうもん》を開《ひら》け！」

ふらふらのへろへろになった外肛門括約筋《がいこうもんかつやくきん》たちがスクラムを解《と》いて左右《さゆう》によける。

同時《どうじ》に、ものすごい勢《いきお》いで大便《だいべん》が流《なが》れていった。出口《でぐち》から外界《がいかい》の虚空《こくう》へと、解放感《かいほうかん》にあふれた歓声《かんせい》とともに飛《と》びだしてゆく。

疲《つか》れ果《は》てて足《あし》が動《うご》かず、よけるのが遅《おく》れた新米赤血球《しんまいせっけっきゅう》が大便《だいべん》の流《なが》れに巻《ま》きこまれそうになった。

「うわあっ。」

先輩《せんぱい》がとっさに新米赤血球《しんまいせっけっきゅう》の手首《てくび》をつかみ、力《ちから》まかせに引《ひ》きもどした。弾《はず》みでふたりは床《ゆか》に倒《たお》れこむ。が、流《なが》れからは脱出《だっしゅつ》できた。

「……新米《しんまい》！」

「……先輩《せんぱい》！」

ふたりは感動《かんどう》のあまり強《つよ》く強《つよ》くだきあった。

「大丈夫《だいじょうぶ》か？　新米《しんまい》。」

先輩《せんぱい》が立《た》ちあがり、倒《たお》れている新米赤血球《しんまいせっけっきゅう》に手《て》をさしだす。

「はい……。」

手《て》を借《か》りて立《た》ちあがった新米赤血球《しんまいせっけっきゅう》はお礼《れい》を言《い》った。先輩《せんぱい》が照《て》れながら応《こた》える。

「約束《やくそく》しただろ。『お前《まえ》に何《なに》かあったときは、俺《おれ》が助《たす》けてやる。』って。」

「先輩《せんぱい》……。」

「こんなとこ、とっととおさらばして、早《はや》く次《つぎ》の酸素《さんそ》を運《はこ》ぶぞ。俺《おれ》と一緒《いっしょ》に行《い》こう、睾丸《こうがん》へ……。」

ふたりがほほえみあったそのとき。

ぐるぐるぐる、と不気味《ぶきみ》な地響《じひび》きの音《おと》がした。

「まずい！　第二波《だいには》だ！」

大腸《だいちょう》の奥《おく》から、勢《いきお》いよく新《あら》たな大便《だいべん》が流《なが》れてきた。外肛門括約筋《がいこうもんかつやくきん》のリーダーは、

「開《ひら》け。」

と命《めい》じ、だれも動《うご》かない。

スクラムが止《と》めてくれないので、あっという間《ま》にものすごい速《はや》さで大便《だいべん》が流《なが》れ、新米赤《しんまいせっ》血球《けっきゅう》をかばった先輩《せんぱい》が巻《ま》きこまれた。

「うわっわあぁぁっ!!」

「先輩《せんぱい》っ!!」

新米赤血球《しんまいせっけっきゅう》はとっさに先輩《せんぱい》の片手《かたて》を両手《りょうて》でつかんだ。先輩《せんぱい》は必死《ひっし》の形相《ぎょうそう》だ。

「ううっ、離《はな》すなよ……！　離《はな》すなよ……!!　絶対《ぜったい》に離《はな》すなよ……っ!!」

「はいっ!!」

新米赤血球《しんまいせっけっきゅう》は全身《ぜんしん》の力《ちから》をふりしぼり、先輩《せんぱい》を流《なが》れから引《ひ》きもどそうとした。

「俺《おれ》は……お前《まえ》と一緒《いっしょ》に……睾丸《こうがん》に――。」

その瞬間《しゅんかん》。

ぶうーっという猛烈《もうれつ》な爆風《ばくふう》――おならとともに流《なが》れの勢《いきお》いが増《ま》し、握《にぎ》っていた先輩《せんぱい》の手《て》から、はめていた軍手《ぐんて》がするっと脱《ぬ》げた。

「先輩《せんぱい》ーっ!!」

「新米《しんまい》いいいいいいいいっ!!」

絶叫《ぜっきょう》とともに、大便《だいべん》に半身《はんしん》がしずんだ先輩《せんぱい》の姿《すがた》は出口《でぐち》から外界《がいかい》へと消《き》えていった……。

自分《じぶん》の手《て》に残《のこ》った軍手《ぐんて》を握《にぎ》りしめ、その場《ば》にくずおれて新米赤血球《しんまいせっけっきゅう》は号泣《ごうきゅう》した。

☆　☆　☆

パーキングエリアの男子《だんし》トイレ。個室《こしつ》で排便《はいべん》をすませ、腹痛《ふくつう》も消《き》えてすっきりした茂《しげる》は便座《べんざ》に腰《こし》を下《お》ろしたままで大《おお》きく息《いき》をついた。

「ふーっ、勝《か》った……。」

脱力《だつりょく》し、気《き》がぬけすぎて、そのまま意識《いしき》が遠《とお》のく。

茂《しげる》は気絶《きぜつ》してしまった。

連日《れんじつ》のはたらきすぎ――過労《かろう》が原因《げんいん》だった。

はたらく細胞

4章《しょう》

日曜日《にちようび》の夕方《ゆうがた》、暗《くら》くなりはじめたころ。

水族館《すいぞくかん》デートを終《お》えて、日胡《にこ》は新《あらた》に送《おく》ってもらい、自宅《じたく》の団地《だんち》の前《まえ》まで帰《かえ》ってきた。

帰《かえ》り道《みち》で、日胡《にこ》は新《あらた》に告白《こくはく》しようか、ずっと迷《まよ》っていた。今日一日《きょういちにち》、とてもいい雰囲気《ふんいき》だったのだ。

でも、告白《こくはく》して変《へん》なかんじになってしまったら台無《だいな》しになるのでためらい、勇気《ゆうき》が出《で》ない。心臓《しんぞう》はずっと、どきどき激《はげ》しく鳴《な》りっぱなしだ。

「今日《きょう》はありがとうございました。……先輩《せんぱい》……あの……私《わたし》……す、す……。」

す、す、好《す》きです……なんて、やっぱり無理《むり》、言《い》えない。

「す……すっごく今日楽《きょうたの》しかったです。あの、本当《ほんとう》にありがとうございました。あ、じゃあ、また学校《がっこう》で……！」

早口《はやくち》で言《い》うと、日胡《にこ》は道路《どうろ》から団地《だんち》の敷地《しきち》への階段《かいだん》を急《いそ》いで下《お》りた。

言《い》えなかった……。

小《ちい》さなため息《いき》をもらした日胡《にこ》の背《せ》に、新《あらた》の呼《よ》ぶ声《こえ》が届《とど》く。

「……日胡《にこ》！」

ふり返《かえ》った日胡《にこ》に、新《あらた》が思《おも》いつめた表情《ひょうじょう》で告《つ》げた。

「俺《おれ》と……つきあってください！」

息《いき》をのんだ日胡《にこ》の目《め》の前《まえ》が輝《かがや》いた。もう薄暗《うすぐら》くなってきているというのに、あたりに天《てん》からまばゆい光《ひかり》が降《ふ》り注《そそ》いでいる気《き》がする。

「……え、あ……はい……！　私《わたし》でよければ!!」

新《あらた》の表情《ひょうじょう》もぱあっと晴《は》れた。

「本当《ほんとう》に？」

日胡《にこ》が大《おお》きくうなずくと、新《あらた》は「やった！」とジャンプして、階段《かいだん》を駆《か》け降《お》りてきた。

日胡《にこ》とむかいあう。

「ありがと！　ホントにうれしいよ！　ありがとう!!」

お礼《れい》を言《い》うのは私《わたし》なのに、新先輩《あらたせんぱい》は本当《ほんとう》にやさしい……と日胡《にこ》は感激《かんげき》した。

「よろしく、日胡《にこ》。」

「あっ……よ、よろしくお願《ねが》いします。」

ふたりが至近距離《しきんきょり》で見《み》つめあったとき……日胡《にこ》のケータイの着信音《ちゃくしんおん》が鳴《な》った。

間《ま》が悪《わる》い……とはずかしく思《おも》いながら、日胡《にこ》は「ちょっとすみません。」とケータイをコートのポケットから出《だ》した。

見《み》ると、知《し》らない番号《ばんごう》だ。警戒《けいかい》しながら通話《つうわ》ボタンを押《お》す。

「……はい……え？」

電話《でんわ》は、運送会社《うんそうがいしゃ》の前田社長《まえだしゃちょう》からだった。


茂《しげる》が倒《たお》れて一時的《いちじてき》に病院《びょういん》の世話《せわ》になった、と前田社長《まえだしゃちょう》から聞《き》いて、会社《かいしゃ》で休《やす》んでいる茂《しげる》を日胡《にこ》はむかえに行《い》った。心配《しんぱい》した新《あらた》も一緒《いっしょ》に来《き》てくれる。

父《ちち》が病院《びょういん》に運《はこ》ばれたなんて、と不安《ふあん》でいっぱいの日胡《にこ》は、あせりながら運送会社《うんそうがいしゃ》の事務《じむ》所《しょ》へ飛《と》びこんだ。

「パパ……！」

茂《しげる》はソファに座《すわ》っていた。思《おも》ったよりも元気《げんき》そうだ。

「おう、どうした？」

「社長《しゃちょう》さんから、倒《たお》れたって聞《き》いて……。」

すると、腕《うで》に貼《は》られた点滴《てんてき》のあとのばんそうこうを見《み》せながら茂《しげる》が言《い》った。

「びっくりしたぞ。トイレ入《はい》ってたらよ。ふらーっとしてそのままぶっ倒《たお》れたらしい。日《ひ》頃《ごろ》の不摂生《ふせっせい》がたたったんですねって医者《いしゃ》に怒《おこ》られちまったよ。」

へらへらと笑《わら》う茂《しげる》に、日胡《にこ》はたまった不安《ふあん》が大爆発《だいばくはつ》した。大声《おおごえ》で叱《しか》る。

「え？　病院《びょういん》は？　まだ行《い》ってなかったの⁉」

「まあな。」

要再検査《ようさいけんさ》だから、医師《いし》に診《み》てもらってという自分《じぶん》の頼《たの》みを聞《き》かず、倒《たお》れてもへらへらしている茂《しげる》に、日胡《にこ》は本気《ほんき》で怒《おこ》った。いや、怒《おこ》る、というよりも悲《かな》しかった。茂《しげる》をどなりつける。

「まあな、じゃないよ！　もっと自分《じぶん》の体《からだ》のこと考《かんが》えてよ‼」

病気《びょうき》で母《はは》を失《うしな》った日胡《にこ》に、家族《かぞく》は茂《しげる》しかいないのだ。

涙《なみだ》ぐんでにらみつける日胡《にこ》に、茂《しげる》が初《はじ》めて表情《ひょうじょう》を変《か》えた。反省《はんせい》したようすになる。

「……悪《わる》い。」

事務所《じむしょ》の入《い》り口《ぐち》で、親子《おやこ》のやりとりをはらはらして見守《みまも》っていた新《あらた》に、前田社長《まえだしゃちょう》が声《こえ》をかけてきた。

「君《きみ》、日胡《にこ》ちゃんの彼氏《かれし》？」

とまどいつつ、一応《いちおう》そうだよな、と新《あらた》がうなずくと、社長《しゃちょう》はささやいた。

「ちょっと……。」

社長《しゃちょう》に連《つ》れられて、新《あらた》は駐車場《ちゅうしゃじょう》の片隅《かたすみ》へ行《い》った。

日胡《にこ》と新《あらた》がつきそい、社長《しゃちょう》に車《くるま》で送《おく》られて、茂《しげる》は団地《だんち》の自宅《じたく》へと帰《かえ》った。

日胡《にこ》はつきあってくれた新《あらた》にお礼《れい》を言《い》うため、茂《しげる》を自室《じしつ》へ押《お》しこむと、団地《だんち》の敷地《しきち》へ出《で》てきた。茂《しげる》は「悪《わる》かったな。俺《おれ》、もう先《さき》に寝《ね》るから。」と言《い》っている。

敷地《しきち》の外《はず》れ、階段《かいだん》の下《した》で待《ま》っていた新《あらた》が、日胡《にこ》に近《ちか》よってきてたずねた。

「大丈夫《だいじょうぶ》？」

心配《しんぱい》そうな新《あらた》に、日胡《にこ》は小《ちい》さくうなずいた。本当《ほんとう》は不安《ふあん》でたまらなかった。パパまで病《びょう》気《き》になったらどうしよう……と。

茂《しげる》の部屋《へや》をちらっと見《み》やると、窓《まど》に明《あ》かりがつく。鼻歌《はなうた》が聞《き》こえてきた。元気《げんき》なそぶりをしているのかも……。

新《あらた》がぼろぼろの紙切《かみき》れをさしだした。

「これ、お父《とう》さんのトラックに落《お》ちてたみたいなんだ。」

日胡《にこ》が受《う》け取《と》って見《み》ると、数字《すうじ》がたくさん書《か》かれたメモだった。よく読《よ》むと、貯金《ちょきん》の目《もく》標額《ひょうがく》が月《つき》ごとに書《か》かれ、半年《はんとし》ごとの累計額《るいけいがく》も示《しめ》されている。

私《わたし》の進学費用《しんがくひよう》だ、と気《き》づいて日胡《にこ》は目《め》を見開《みひら》いた。これから予備校《よびこう》も模試《もし》も受験《じゅけん》も、もちろん合格《ごうかく》したら医学部《いがくぶ》の授業料《じゅぎょうりょう》も、ほかの学部《がくぶ》よりもずっとお金《かね》がかかる。

言葉《ことば》の出《で》てこない日胡《にこ》に新《あらた》が語《かた》った。

「お父《とう》さん、『自慢《じまん》の娘《むすめ》だ。』って、いつも社内《しゃない》で話《はな》していたらしい。『できの悪《わる》い自分《じぶん》とはちがって頭《あたま》もよくて、医者《いしゃ》を目指《めざ》している。これから学費《がくひ》がかかるから、もっと仕事《しごと》を増《ふ》やしてほしい。』って社長《しゃちょう》さんに頼《たの》んでたみたいなんだ。」

「……っ！」

日胡《にこ》は息《いき》をのんだ。あのわがままな父親《ちちおや》がそんなにも娘《むすめ》を思《おも》ってがんばっていたなんて、気《き》づかなかった。

「それで、休《やす》みの日《ひ》も仕事《しごと》を――。」

新《あらた》の言葉《ことば》に、日胡《にこ》は涙《なみだ》がこみあげてきた。メモをじっと見《み》つめる。

☆　☆　☆

そのころ、日胡《にこ》の体内《たいない》では――。

骨髄学園《こつずいがくえん》ではおおぜいの骨髄球《こつずいきゅう》たちが戦闘訓練《せんとうくんれん》をおこなっていた。

何日《なんにち》か前《まえ》、「１１４６」の番号札《ばんごうふだ》をつけた白血球《はっけっきゅう》が指導《しどう》したときよりも背《せ》が伸《の》びて体格《たいかく》もよくなり、十五歳《さい》くらいになっていた。

人間《にんげん》でたとえるなら義務教育《ぎむきょういく》を終了《しゅうりょう》し、将来《しょうらい》の職業《しょくぎょう》を選択《せんたく》して、専攻科別《せんこうかべつ》の高校《こうこう》へ進学《しんがく》するように、成長《せいちょう》している。

ところが二名《めい》ほど、幼《おさな》いままで成長《せいちょう》が止《と》まっている骨髄芽球《こつずいがきゅう》がいた。そのうちのひとりは左目《ひだりめ》の下《した》に泣《な》きぼくろのある骨髄芽球《こつずいがきゅう》だ。

泣《な》きぼくろの骨髄芽球《こつずいがきゅう》は、白血球《はっけつきゅう》からもらった戦闘用《せんとうよう》ナイフを大切《たいせつ》に持《も》っていた。

小《ち》さなままの二名《めい》を見《み》て、好中球先生《こうちゅうきゅうせんせい》が何《なに》ごとかを決断《けつだん》したようだ。

「ちょっといいか。」

と、二名《めい》を訓練場《くんれんじょう》から、祭壇《さいだん》のある講堂《こうどう》へと連《つ》れていった。

祭壇《さいだん》の前《まえ》には、ほかにも好中球《こうちゅうきゅう》が何名《なんめい》か待《ま》ちかまえていた。

好中球先生《こうちゅうきゅうせんせい》は二名《めい》に告《つ》げた。

「血球《けっきゅう》として生《う》まれて十四日経《かた》ったが、仲間《なかま》はみんな成長《せいちょう》しているなか、君《きみ》たちは骨髄芽《こつずいが》球《きゅう》のまま成長《せいちょう》が止《と》まっている。」

泣《な》きぼくろの骨髄芽球《こつずいがきゅう》は、意味《いみ》がわからずに聞《き》き返《かえ》した。

「え？」

「このままじゃ、分化《ぶんか》するはたらきが失《うしな》われ、君《きみ》たちのような異常《いじょう》な血液細胞《けつえきさいぼう》が急速《きゅうそく》に歯《は》止《ど》めなく増殖《ぞうしょく》して、正常《せいじょう》な血液《けつえき》を作《つく》るはたらきも損《そこ》なわれる。」

邪魔者《じゃまもの》扱《あつか》いする冷《つめ》たい言葉《ことば》に、泣《な》きぼくろの骨髄芽球《こつずいがきゅう》はショックを受《う》けた。

「僕《ぼく》らが異常《いじょう》だって言《い》うんですか⁉」

「悪《わる》いが、この体内《たいない》において君《きみ》たちは必要《ひつよう》ない。処分《しょぶん》する。」

「そんな……。」

二名《めい》の骨髄芽球《こつずいがきゅう》たちはおびえ、震《ふる》えた。青《あお》ざめる二名《めい》にかまわず、好中球先生《こうちゅうきゅうせんせい》は命《めい》じた。

「連《つ》れていけ。」

「はっ。」

二名《めい》を取《と》りかこんだ好中球《こうちゅうきゅう》たちが、強引《ごういん》に腕《うで》をつかんでくる。ひとりは好中球《こうちゅうきゅう》ふたりがかりで引《ひ》きずられていったが、泣《な》きぼくろの骨髄芽球《こつずいがきゅう》は抵抗《ていこう》した。

「放《はな》せ！　僕《ぼく》は立派《りっぱ》な白血球《はっけっきゅう》になってはたらくんだ！」

押《お》さえつけてきた相手《あいて》を振《ふ》り払《はら》う。

「捕《つか》まえろ！」

逃《に》げようとした泣《な》きぼくろの骨髄芽球《こつずいがきゅう》は、好中球《こうちゅうきゅう》たちに追《お》われて祭壇《さいだん》に追《お》い詰《つ》められた。

「そこまでだ。さあ、早《はや》く行《い》くぞ。」

脾臓《ひぞう》という処刑場《しょけいじょう》へ連《つ》れていかれるのだろう。

とつぜん殺《ころ》されるなんて絶対《ぜったい》に納得《なっとく》できない泣《な》きぼくろの骨髄芽球《こつずいがきゅう》は、白血球《はっけっきゅう》にもらった戦闘用《せんとうよう》ナイフをかまえ、さけんだ。

「何《なん》でだよ！　何《なん》で僕《ぼく》が⁉　何《なん》で……何《なん》でっ、何《なん》でなんだよ‼」

怒《いか》りのあまり、泣《な》きぼくろの骨髄芽球《こつずいがきゅう》は絶叫《ぜっきょう》した。

「うおおおぉぉぉぉぉぉぉっ‼」

そのとたん、彼《かれ》の右腕《みぎうで》がめきめきと音《おと》を立《た》てて大《おお》きくふくれあがり、巨大《きょだい》な怪物《かいぶつ》の腕《うで》となった。つられて、全身《ぜんしん》も大人《おとな》サイズに急成長《きゅうせいちょう》する。

彼《かれ》は白血球《はっけっきゅう》の好中球《こうちゅうきゅう》ではなく、白血病細胞《はっけつびょうさいぼう》に成長《せいちょう》してしまったのだ……。恨《うら》みと怒《いか》りでこの体《せかい》を滅《ほろ》ぼす怪物《かいぶつ》に変《か》わってしまった。

白血病細胞《はっけつびょうさいぼう》は、最初《さいしょ》の犠牲者《ぎせいしゃ》として、好中球先生《こうちゅうきゅうせんせい》を血祭《ちま》つりに上《あ》げた。巨大《きょだい》な腕《うで》を槍先《やりさき》のような形《かたち》の武器《ぶき》に変化《へんか》させ、好中球先生《こうちゅうきゅうせんせい》の体《からだ》を串刺《くしざ》しにする。

虚《うつ》ろな表情《ひょうじょう》で、白血病細胞《はっけつびょうさいぼう》はゆっくりと歩《ある》きはじめた。

☆　☆　☆

茂《しげる》が一時的《いちじてき》に気絶《きぜつ》した日曜日《にちようび》から一か月《げつ》が過《す》ぎた。

平日《へいじつ》の朝《あさ》、日胡《にこ》は茂《しげる》とふたりでテーブルにつき、朝食《ちょうしょく》をとった。

「ごちそうさまでした。」

時計《とけい》を見《み》ると、もう家《いえ》を出《で》なくては学校《がっこう》に遅刻《ちこく》してしまう時刻《じこく》だ。

「やばっ。もうこんな時間《じかん》。」

日胡《にこ》は椅子《いす》から立《た》ちあがり、食器《しょっき》をシンクに入《い》れた。

「おい。」と茂《しげる》が声《こえ》をかけてきたので、日胡《にこ》は「ん？」とふり返《かえ》る。

「これからもうちょっとご飯少《はんすく》なめでいいや。」

「え？」

茂《しげる》の食事《しょくじ》は一か月前《げつまえ》よりもさらにヘルシーな内容《ないよう》で、主食《しゅしょく》の量《りょう》も減《へ》らしてあった。野菜《やさい》が多《おお》く、油《あぶら》をあまり使《つか》わない、栄養《えいよう》バランスのとれたおかずになるよう、気《き》をつけている。

「昨日病院《きのうびょういん》でな、血液検査《けつえきけんさ》したら数値全部《すうちぜんぶ》よくなってた。やっぱり食事《しょくじ》だよなあ。」

茂《しげる》は禁煙《きんえん》し、晩酌《ばんしゃく》もつまみも、間食《かんしょく》も、すべてやめていた。口《くち》ざみしいときはノンシュガーのガムをかむ。

日胡《にこ》はほほえんだ。

「はいはい、わかった。じゃあ気持《きも》ち少《すく》なめにしとくね。じゃあ、お弁当作《べんとうつく》ったから、洗《あら》い物《もの》よろしく！」

「うぉーい。」

日胡《にこ》はあわただしくスクールバッグを手《て》にして、家《いえ》を出《で》ようとした。そのとき、茂《しげる》が制服《せいふく》のスカートのすそからのぞく日胡《にこ》のひざに目《め》をとめた。

「うん？　脚《あし》どうした？」

日胡《にこ》のひざや脚《あし》には、青黒《あおぐろ》いあざがいくつもできていた。

「わかんない。どっかでぶつけたみたい。行《い》ってくるねー。」

☆　☆　☆

そのころ日胡《にこ》の体内《たいない》にある血管《けっかん》の通路《つうろ》では、「AE3803《エーイー》」のバッジを赤《あか》い帽子《ぼうし》につけた赤血球《せっけっきゅう》がいつものように酸素《さんそ》ボンベの入《はい》った段《だん》ボール箱《ばこ》を台車《だいしゃ》にのせて配達《はいたつ》していた。

「お待《ま》たせいたしました！　酸素《さんそ》です！　ここにハンコお願《ねが》いします。」

受《う》け取《と》った細胞《さいぼう》が「いつも時間《じかん》どおりにありがとうね。」と伝票《でんぴょう》にハンコを押《お》す。

「いえいえ、仕事《しごと》ですから。また届《とど》けに来《き》ますね！」

「また頼《たの》むな。」

「はいっ。」

元気《げんき》にはたらく赤血球《せっけっきゅう》を見《み》かけた「1146」の番号札《ばんごうふだ》の白血球《はっけっきゅう》がそっと近《ちか》くで見守《みまも》っ

ているのも、彼女《かのじょ》は気《き》づかない。

「やった！　ついに道《みち》に迷《まよ》わずに循環《じゅんかん》できた！　えっと次《つぎ》は……小腸《しょうちょう》に酸素《さんそ》を……。」

地図《ちず》を広《ひろ》げて道順《みちじゅん》を確認《かくにん》する。

「よしっ。」と勢《いきお》いよくダッシュで出発《しゅっぱつ》したとたん……「たのもしくなったな。」と、通路《つうろ》の真《ま》ん中《なか》で感慨《かんがい》にふけっていた白血球《はっけっきゅう》の足《あし》に台車《だいしゃ》をぶつけてしまった。白血球《はっけっきゅう》が派手《はで》にすっ転《ころ》ぶ。

「いてっ。」

「あ、白血球《はっけっきゅう》さん？　大丈夫《だいじょうぶ》ですか!?　すみません！」

「いや、いいんだ……。俺《おれ》がボーッと歩《ある》いていただけだ……。」

白血球《はっけっきゅう》が立《た》ちあがった、そこへ――。

「うんしょ、うんしょ、うんしょ。」

血小板《けっしょうばん》がふたりで、いっしょうけんめい、重《おも》そうに大《おお》きな箱《はこ》を運《はこ》んできた。いつもはもっと大勢《おおぜい》で運《はこ》んでいるのに、と赤血球《せっけっきゅう》は思《おも》った。

やはり違和感《いわかん》をおぼえたのか、あまりに大変《たいへん》そうだからなのか、白血球《はっけっきゅう》が声《こえ》をかける。

「血小板《けっしょうばん》？」

「あ、おにいちゃん、おねえちゃん。ねぇねぇ、友《とも》だち見《み》なかった？」

「俺《おれ》は見《み》ていないが……見《み》たか？」

白血球《はっけっきゅう》にきかれ、赤血球《せっけっきゅう》はそういえば、と気《き》づいた。ここ数日《すうじつ》、血小板《けっしょうばん》をあまり見《み》かけない。

「いえ、私《わたし》も。どうしたの？」

「みんな集《あつ》まってくれないから、あざが治《なお》らなくて困《こま》ってるの。」

「そうなんだ。どうしたんだろうね……。」

「迷子《まいご》になっちゃったのかなあ。」

白血球《はっけっきゅう》も首《くび》をかしげたとき、レセプターがぴょこり、と立《た》ち、ぴんぽーん♪　と反応《はんのう》した。

「抗原《こうげん》、発見《はっけん》！」

と、白血球《はっけっきゅう》が近《ちか》くの路地裏《ろじうら》へ駆《か》けこんだ瞬間《しゅんかん》、その場《ば》にいたNK細胞《エヌケーさいぼう》が肺炎球菌《はいえんきゅうきん》をばっさりと一撃《いちげき》で斬《き》り倒《たお》した。白血球《はっけっきゅう》の帽子《ぼうし》に立《た》っていたレセプターが、ぱたり、と音《おと》を立《た》てて引《ひ》っこむ。

「お前《まえ》、ひとりか。」

NK細胞《エヌケーさいぼう》が白血球《はっけっきゅう》にたずねた。

「ああ。」

おかしい……レセプターが反応《はんのう》したのだから、仲間《なかま》の好中球《こうちゅうきゅう》たちが集《あつ》まってくるはずだが、だれも来《こ》ない。

NK細胞《エヌケーさいぼう》もつぶやいた。

「おかしいな……。最近《さいきん》、お前《まえ》ら白血球《はっけっきゅう》を見《み》ることが減《へ》ってる。」

やはり、気《き》のせいではないな……と白血球《はっけっきゅう》は考《かんが》えこんだ。

☆　☆　☆

登校《とうこう》した日胡《にこ》は、校門《こうもん》をくぐったところで、新《あらた》から呼《よ》びとめられた。

「日胡《にこ》ー。」

待《ま》っていてくれたようだ。

「あ、先輩《せんぱい》。おはようございます。」

近《ちか》くへ行《い》こうとして、日胡《にこ》はなんだかふらつくのを感《かん》じた。体《からだ》に力《ちから》が入《はい》らない。

「大丈夫《だいじょうぶ》か？」

何《なに》かに気《き》づき、新《あらた》がおどろいたように駆《か》けよってくる。

生温《なまあたた》かい液体《えきたい》が鼻《はな》の穴《あな》から流《なが》れだすのを感《かん》じた。何《なに》これ、鼻血《はなぢ》？　と思《おも》ったとたん、ふいに日胡《にこ》の意識《いしき》が薄《うす》れた。

「日胡《にこ》、日胡《にこ》、どうした？　日胡《にこ》、大丈夫《だいじょうぶ》⁉」

新《あらた》の呼《よ》ぶ声《こえ》が遠《とお》くなる。


日胡《にこ》は病院《びょういん》に運《はこ》ばれ、検査《けんさ》を受《う》けた。

その結果《けっか》……。

病院《びょういん》に駆《か》けつけた茂《しげる》は、担当医師《たんとういし》の七條健太郎《しちじょうけんたろう》から衝撃的《しょうげきてき》な診断《しんだん》を聞《き》かされた。

「え……っ。」

「今後《こんご》の治療方針《ちりょうほうしん》に関《かん》しては、くわしい検査《けんさ》の結果《けっか》を見《み》て、後《のち》ほどお話《はな》ししますが。」

聞《き》いた病名《びょうめい》が、茂《しげる》はすぐにはのみこめなかった。信《しん》じられない……というより、信《しん》じたくない。

「今《いま》は、体内《たいない》の血小板《けっしょうばん》が少《すく》なく、体中《からだじゅう》から出血《しゅっけつ》しやすい状態《じょうたい》でもあり、今後治療《こんごちりょう》を受《う》けるに当《あ》たって、今《いま》すぐに輸血《ゆけつ》が必要《ひつよう》になります。」

七條医師《しちじょういし》の説明《せつめい》も、ぼうぜんとなっている茂《しげる》の耳《みみ》には入《はい》ってこない。

「お父様《とうさま》？　お父様《とうさま》、大丈夫《だいじょうぶ》ですか？」

「あ……はい……。」

理性的《りせいてき》なことは何《なに》も考《かんが》えられないまま茂《しげる》は、心《こころ》に浮《う》かぶ思《おも》いを、けんめいに医師《いし》にとにかく伝《つた》えようとした。

「あいつの……おかげなんです……。」

医師《いし》がとまどうのにもかかわず、茂《しげる》は語《かた》った。

「日胡《にこ》のおかげで、不健康《ふけんこう》だった私《わたし》の体《からだ》はよくなったんです。日胡《にこ》だって絶対《ぜったい》によくなる……。先生《せんせい》！　私《わたし》にできることならなんだってしてします！　だから日胡《にこ》をどうか助《たす》けてください！　お願《ねが》いします！　お願《ねが》いします!!」

茂《しげる》は深々《ふかぶか》と頭《あたま》を下《さ》げた。


七條医師《しちじょういし》の説明《せつめい》が終《お》わり、茂《しげる》は入院《にゅういん》した日胡《にこ》に病室《びょうしつ》で面会《めんかい》した。日胡《にこ》の腕《うで》には輸血《ゆけつ》のための針《はり》が刺《さ》され、つながった管《くだ》の先《さき》には成分輸血用《せいぶんゆけつよう》の液体《えきたい》がつまったパックがある。

「白血病《はっけつびょう》……。」

日胡《にこ》もまた、信《しん》じられない思《おも》いで自分《じぶん》に下《くだ》された診断《しんだん》をくり返《かえ》した。

「ああ、急性骨髄性白血病《きゅうせいこつずいせいはっけつびょう》とかいうらしいぞ。」

茂《しげる》がわざと軽《かる》いかんじで、深刻《しんこく》にならないように話《はな》そうとしているのが伝《つた》わってきた。

けれど、医学部《いがくぶ》を目指《めざ》す日胡《にこ》は知《し》っていた。

ずっと昔《むかし》は死《し》に至《いた》る不治《ふじ》の病《やまい》として恐《おそ》れられ、現在《げんざい》でも治《なお》るかどうか確実《かくじつ》なことは言《い》えない……いわば、血液《けつえき》のがん。

茂《しげる》が、医師《いし》から聞《き》いた説明《せつめい》をかみくだいて伝《つた》えようとする。

「血液《けつえき》の中《なか》にはな、赤血球《せっけっきゅう》と白血球《はっけっきゅう》と血小板《けっしょうばん》があるだろ。そん中《なか》で、悪《わる》い顔《かお》つきしたヤツらが増《ふ》えてるんだってよ。」

「……で？　どうなっちゃうの……私《わたし》。」

「おお、それな。このまま放《ほう》っておくと正常《せいじょう》な血球《けっきゅう》たちが減《へ》っちゃって、よくないんだってよ。だからあれだ。化学療法《かがくりょうほう》で治療《ちりょう》するって。抗《こう》がん剤《ざい》ってヤツ。」

簡単《かんたん》には治《なお》らない、医学部進学《いがくぶしんがく》の夢《ゆめ》もあきらめなくてはならないかも、とさとって日胡《にこ》は失望《しつぼう》し、泣《な》きだした。

茂《しげる》も涙《なみだ》をこらえた表情《ひょうじょう》で口《くち》もとをゆがませながら、祈《いの》るように、日胡《にこ》にも自分《じぶん》にも言《い》い聞《き》かせるように、何度《なんど》もくり返《かえ》した。

「まあ……でもあれだ。大丈夫《だいじょうぶ》だろ。なっ、……絶対大丈夫《ぜったいだいじょうぶ》だ。大丈夫《だいじょうぶ》、大丈夫《だいじょうぶ》……大丈《だいじょう》夫《ぶ》……。」

わぁっと日胡《にこ》は泣《な》きくずれた。

茂《しげる》は帰宅《きたく》した。

朝《あさ》、出勤《しゅっきん》してすぐに学校《がっこう》から連絡《れんらく》があり、病院《びょういん》へ駆《か》けつけた。そのまま日胡《にこ》の検査《けんさ》につきそい、入院《にゅういん》の手続《てつづ》きをして、一日中《いちにちじゅう》あわただしくしていたので、お弁当《べんとう》を食《た》べそびれてしまった。

日胡《にこ》が作《つく》ってくれたお弁当《べんとう》を出《だ》して、テーブルに置《お》く。

ふたをとって食《た》べようとしたけれど、日胡《にこ》が朝作《あさつく》っていたときのようすを思《おも》いだし……こらえていた涙《なみだ》があふれだした。

「何《なん》で……何《なん》で俺《おれ》じゃねえんだよ……。何《なん》で……何《なん》で日胡《にこ》が……何《なん》で……何《なん》でだよ……。」

号泣《ごうきゅう》する。

妻《つま》の祐子《ゆうこ》に余命《よめい》が告《つ》げられた晩《ばん》……泣《な》いて泣《な》いて、二度《にど》とこんな思《おも》いはしたくないと、なのに……。

茂《しげる》は祐子《ゆうこ》との思《おも》い出《で》をたどった。

入院《にゅういん》した病院《びょういん》のベッドで、祐子《ゆうこ》はマフラーを編《あ》んでいた。体調《たいちょう》のいいときに少《すこ》しずつ編《あ》んだそれは、九歳《さい》の日胡《にこ》へのクリスマスプレゼントだった。

しかし病状《びょうじょう》が悪化《あっか》して体《からだ》を起《お》こしていることもできなくなり、九月《がつ》になるころには、かわりに茂《しげる》があと少《すこ》しで完成《かんせい》するマフラーを編《あ》んだ。

ベッドサイドで悪戦苦闘《あくせんくとう》する茂《しげる》を、祐子《ゆうこ》が静《しず》かに見《み》ている。

「あ〜っ、クッソ！　何《なん》だこれ。」

編《あ》み目《め》がぐちゃぐちゃになり、茂《しげる》はいらだった。祐子《ゆうこ》が小《ちい》さく笑《わら》った。

「本当《ほんとう》に不器用《ぶきよう》ね……あなた。」

「うるせえな。だったらおまえが早《はや》く元気《げんき》になって、やりゃあいいだろ。」

祐子《ゆうこ》がさびしそうにほほえんだそこへ、学校《がっこう》が終《お》わった日胡《にこ》がランドセルをしょったまま お見舞《みま》いにやってきた。

「ただいまー。」

日胡《にこ》は祐子《ゆうこ》のベッドに上体《じょうたい》をのせるようにして顔《かお》を母《はは》に近《ちか》づけ、うれしそうに話《はな》した。

「ママ！　日胡《にこ》ね、運動会《うんどうかい》の実行委員《じっこういいん》に選《えら》ばれたよ。」

「そう、おめでとう！　よかったね。」

「すごいでしょ。」

「うん、すごいすごい。」

運動会《うんどうかい》を見《み》に行《い》くことも、クリスマスをむかえることもなく、祐子《ゆうこ》は危篤状態《きとくじょうたい》に陥《おちい》った。

看護師《かんごし》が呼《よ》びかける。

「漆崎《うるしざき》さん、大丈夫《だいじょうぶ》ですか？」

「祐子《ゆうこ》!?　しっかりしろっ、祐子《ゆうこ》!!」

「ママ……！　ママっ!!」

茂《しげる》と日胡《にこ》の呼《よ》びかけにも、祐子《ゆうこ》は反応《はんのう》しない。医師《いし》がかけつけ、処置《しょち》を始《はじ》める。

「昇圧剤《しょうあつざい》、用意《ようい》して！」

「はい！」

「祐子《ゆうこ》！」

「ママぁっ!!」

しかし――。

数日後《すうじつご》、日胡《にこ》の見舞《みま》いに行《い》った帰《かえ》り道《みち》、駅前《えきまえ》で茂《しげる》は献血《けんけつ》バスを見《み》かけた。道行《みちゆ》く人《ひと》たちにスタッフが呼《よ》びかけている。

「献血《けんけつ》のご協力《きょうりょく》をお願《ねが》いしまぁす。お時間《じかん》のあるかた、いらっしゃいませんか。」

日胡《にこ》は毎日輸血《まいにちゆけつ》を受《う》けている。

どこかの見知《みし》らぬだれかが善意《ぜんい》で提供《ていきょう》してくれた血液《けつえき》だ。

「A型O型《エーがたオーがた》、特《とく》に必要《ひつよう》としています。ただいま、すぐにご案内《あんない》できます。献血《けんけつ》のご協力《きょうりょく》をお願《ねが》いしまぁす。」

茂《しげる》も献血《けんけつ》をすることにした。血液検査《けつえきけんさ》の数値《すうち》がよくなったので、自分《じぶん》の血液《けつえき》もだれかのために使《つか》ってもらえるだろう。

☆　☆　☆

茂《しげる》の体内《たいない》。

血管《けっかん》の通路《つうろ》はでこぼこで不法投棄《ふほうとうき》されたゴミだらけ、建物《たてもの》はあちこち壊《こわ》れて街《まち》は荒《あ》れ放題《ほうだい》……だったのが、すっかり改善《かいぜん》している。

道《みち》はきれいになり、建物《たてもの》も補修《ほしゅう》された。街《まち》のデザインは古《ふる》いままだが、ずいぶんくらしやすくなっている。はたらく細胞《さいぼう》たちも活気《かっき》にあふれていた。

赤血球《せっけっきゅう》たちがうれしそうに会話《かいわ》をしながらはたらいている。

「見《み》ろ、また道《みち》がきれいに舗装《ほそう》されたぞ。」

「やっと住《す》みやすくなってきましたね。」

そんな中《なか》、「AA2153《エーエー》」のバッジを赤《あか》い帽子《ぼうし》につけ、メガネをかけた新米赤血球《しんまいせっけっきゅう》だけは、仕事《しごと》もせず、ぼんやりと街《まち》の一角《いっかく》にあるベンチに座《すわ》りこんだままだった。

大便《だいべん》とともに流《なが》されて消《き》えた先輩《せんぱい》が残《のこ》した軍手《ぐんて》を見《み》つめては、後悔《こうかい》するばかりだ。

頭《あたま》をかかえ、くちびるをかんだそのとき——ドン、という衝撃音《しょうげきおん》とともに、天高《てんたか》くから、とてつもなく大《おお》きな金属《きんぞく》パイプが下《お》りてきた。

「何《なん》だ、あれ……？」

周囲《しゅうい》がさわがしくなり、メガネの新米赤血球《しんまいせっけっきゅう》もさすがに気《き》になって天《てん》をふりあおいだとき……。

金属《きんぞく》パイプはものすごい力《ちから》で血球《けっきゅう》たちを吸《す》いこみはじめた。血管《けっかん》の通路《つうろ》にいる血球《けっきゅう》たちを根《ね》こそぎさらってゆく。

逃《に》げようとした新米赤血球《しんまいせっけっきゅう》だったが、もう手遅《ておく》れだった。

抵抗《ていこう》して路面《ろめん》にしがみついてもたちまち体《からだ》が浮《う》きあがり、もがいてもどうにもならずに天《てん》へと吸《す》われてゆく。

「うわあぁぁぁっ。」

リュックサックを背負《せお》ったまま吸《す》いこまれ、ぐるぐる振《ふ》り回《まわ》され、数《かぞ》え切《き》れないほどの仲間《なかま》とともにどこかに閉《と》じこめられて寒《さむ》さで凍《こご》えていた新米赤血球《しんまいせっけっきゅう》は、今度《こんど》はとつぜん、知《し》らない体《せかい》に放《ほう》りだされた。

なんという偶然《ぐうぜん》か、幸運《こううん》か……茂《しげる》がした献血《けんけつ》のパックは日胡《にこ》へと輸血《ゆけつ》された。茂《しげる》と日胡《にこ》は血液型《けつえきがた》が同《おな》じだったのだ。

ずれたメガネをかけなおし、新米赤血球《しんまいせっけっきゅう》はあたりをうかがった。

そこは今《いま》までの体《せかい》とはちがい、華《はな》やかでおしゃれなかわいらしい街《まち》が広《ひろ》がっていた。

ただ……ずいぶんと血球《けっきゅう》の仲間《なかま》が少《すく》ないようだ。とくに血小板《けっしょうばん》を見《み》かけない。よく見《み》れば、まったくゴミのないきれいな街《まち》なのに、あちこち壊《こわ》れたまま放置《ほうち》されている。

そして、細胞《さいぼう》たちになんだか元気《げんき》がなかった。みんな弱《よわ》り切《き》っている。

新米赤血球《しんまいせっけっきゅう》は、何《なに》が起《お》きたのか理解《りかい》できず、街《まち》をさまよった。一緒《いっしょ》に天《てん》に吸《す》われてここに来《き》た仲間《なかま》も、なんとなく同《おな》じようにうろうろしている。

きれいな街《まち》なのに、いたるところに避難所《ひなんじょ》のような場所《ばしょ》ができていて、弱《よわ》った細胞《さいぼう》を集《あつ》め、この体《せかい》の赤血球《せっけっきゅう》たちがそこに酸素《さんそ》を届《とど》けているようだ。

今《いま》までの身体《からだ》では見聞《みき》きしたことのないシステムを、新米赤血球《しんまいせっけっきゅう》は不思議《ふしぎ》に思《おも》った。

そのとき、はつらつとした声《こえ》が聞《き》こえた。

「はい！　酸素《さんそ》です！　元気《げんき》を出《だ》してください。」

女性《じょせい》の明《あか》るい声《こえ》だ。その声《こえ》にみちびかれ、新米赤血球《しんまいせっけっきゅう》は避難所《ひなんじょ》になっている建物《たてもの》へと歩《あゆ》みよった。

ドアの前《まえ》でうろうろしていたら、無愛想《ぶあいそう》なかんじで目《め》つきの悪《わる》い、右目《みぎめ》が白《しろ》い前髪《まえがみ》で隠《かく》れぎみの白血球《はっけっきゅう》の好中球《こうちゅうきゅう》と目《め》が合《あ》った。「1146」という番号札《ばんごうふだ》を白《しろ》い帽子《ぼうし》につけている好中球《こうちゅうきゅう》だ。

「AE3803《エーイー》」の赤血球《せっけっきゅう》は必死《ひっし》になって酸素《さんそ》を配達《はいたつ》していた。とにかく運《はこ》び手《て》が足《た》りない。台車《だいしゃ》には段《だん》ボール箱《ばこ》を積《つ》み、さらに背中《せなか》の大《おお》きなリュックサックにも酸素《さんそ》ボンベをつめてかついだ。避難所《ひなんじょ》へと走《はし》りこむ。

「はい！　酸素《さんそ》です！　元気《げんき》を出《だ》してください。」

避難所《ひなんじょ》にいる細胞《さいぼう》たちがどんどん弱《よわ》ってゆく。酸素《さんそ》の配達《はいたつ》が間《ま》に合《あ》っていないせいだ。赤血球《せっけっきゅう》が街《まち》ですれちがう仲間《なかま》の赤血球《せっけっきゅう》の数《かず》が、以前《いぜん》よりもずっと少《すく》なくなっていた。

「こっちにもよこせ……。」

「はい、今行《いまい》きます！」

細胞《さいぼう》たちのせめてものはげみになれば、と赤血球《せっけっきゅう》は元気《げんき》よく声《こえ》を出《だ》す。

「こっちにも。」

「こっちにもくれ。」

赤血球《せっけっきゅう》は自分《じぶん》を呼《よ》ぶ細胞《さいぼう》へ駆《か》けよった。笑顔《えがお》で酸素《さんそ》ボンベをわたす。

「どうぞ。」

「こっちもだ……早《はや》く酸素《さんそ》を……。」

「どうぞ。」

街《まち》に司令室《しれいしつ》からのアナウンスが流《なが》れるのが聞《き》こえてくる。

「体内《たいない》で白血病細胞《はっけつびょうさいぼう》が増殖《ぞうしょく》しています。ご注意《ちゅうい》ください。」

運《はこ》んできた酸素《さんそ》が残《のこ》りわずかとなったのに、酸素《さんそ》を求《もと》めて声《こえ》をあげる細胞《さいぼう》の数《かず》は全然《ぜんぜん》減《へ》らない。リュックサックの中《なか》に一本《ぽん》しかないボンベと、すがってくる複数《ふくすう》の細胞《さいぼう》たちの顔《かお》とを見比《みくら》べて赤血球《せっけっきゅう》がくちびるを強《つよ》くかんだとき……。

「応援部隊《おうえんぶたい》が来《き》たぞ。」

クールにそう言《い》って白血球《はっけっきゅう》が建物《たてもの》に入《はい》ってきた。

はっとして赤血球《せっけっきゅう》が顔《かお》を上《あ》げると、白血球《はっけっきゅう》がリュックサックを背負《せお》った何名《なんめい》かの赤血球《せっけっきゅう》たちを連《つ》れている。いちばん前《まえ》にいるのは、メガネをかけた気《き》の弱《よわ》そうな、まだ少年《しょうねん》にも見《み》える青年《せいねん》だった。赤《あか》い帽子《ぼうし》に「AA2153《エーエー》」と書《か》かれたバッジをつけている。

「ありがとうございます！」

赤血球《せっけっきゅう》は白血球《はっけっきゅう》に感謝《かんしゃ》した。

「赤血球《せっけっきゅう》、大丈夫《だいじょうぶ》か？」

この避難所《ひなんじょ》でほかの仲間《なかま》とともに奮闘《ふんとう》している赤血球《せっけっきゅう》を、白血球《はっけっきゅう》が気《き》づかう。

「大丈夫《だいじょうぶ》です！　私《わたし》たちがかならず酸素《さんそ》を届《とど》けますから。」

「頼《たの》んだぞ。」

赤血球《せっけっきゅう》は力《ちから》づよくうなずいた。白血球《はっけっきゅう》は任務《にんむ》にもどってゆく。赤血球《せっけっきゅう》は応援部隊《おうえんぶたい》に指示《しじ》を出《だ》した。どこか別《べつ》の体《からだ》から、事情《じじょう》を理解《りかい》しないままの応援部隊《おうえんぶたい》が来《く》ることにも慣《な》れた。

「みんな、こっち来《き》て！　酸素《さんそ》持《も》ってる？」

「あ、はい。」

メガネの赤血球《せっけっきゅう》の青年《せいねん》が背中《せなか》からリュックサックを下《お》ろし、赤血球《せっけっきゅう》のすぐそばにいた細《さい》胞《ぼう》に酸素《さんそ》ボンベをわたす。わたしながら彼《かれ》は赤血球《せっけっきゅう》にたずねた。

「あの、何《なに》がいったいどうなっているのか――。」

「待《ま》って、配《くば》り終《お》えたら話《はな》すから。みなさん、酸素届《さんそとど》きましたよーっ。」

白血球《はっけっきゅう》は街《まち》のパトロールの続《つづ》きをしていた。路地裏《ろじうら》でキラーT細胞《ティーさいぼう》とその部下《ぶか》たち、その近《ちか》くにいたNK細胞《エヌケーさいぼう》に出会《であ》う。キラーT細胞《ティーさいぼう》が部下《ぶか》たちに命《めい》じた。

「白血病細胞《はっけつびょうさいぼう》はどこにひそんでいるかわからん！　油断《ゆだん》するな！」

「イエッサー!!」

部下《ぶか》たちが偵察《ていさつ》のために街中《まちなか》へと散《ち》っていった。NK細胞《エヌケーさいぼう》が舌打《したう》ちし、キラーT細胞《ティーさいぼう》に近《ちか》よって叱《しか》りつけた。

「バカ！　声《こえ》がでけぇんだよ。敵《てき》が逃《に》げんだろ。」

「はぁ!?　おめぇは態度《たいど》がでけぇんだよ！」

「黙《だま》ってろ。群《む》れて戦《たたか》うことしかできねぇ弱虫野郎《よわむしやろう》が。」

「何《なん》だと、こらぁ！」

ケンカを始《はじ》めそうになったふたりに、白血球《はっけっきゅう》が割《わ》りこんで止《と》めた。

「静《しず》かにしろ！　何《なに》か来《く》るぞ。」

白血球《はっけっきゅう》をにらんだふたりだったが、すぐに不穏《ふおん》な気配《けはい》に気《き》づいて身《み》がまえる。

建物《たてもの》と建物《たてもの》のあいだの薄暗《うすぐら》い細《ほそ》い通路《つうろ》……毛細血管《もうさいけっかん》へ入《はい》ると、暗《くら》がりから足音《あしおと》が聞《き》こえ、全身白《ぜんしんしろ》い服《ふく》をまとい、フードで顔《かお》を隠《かく》した細胞《さいぼう》がひとり現《あらわ》れた。

聞《き》かされていた目撃情報《もくげきじょうほう》どおりの服装《ふくそう》……白血病細胞《はっけつびょうさいぼう》だ――白血球《はっけっきゅう》たちは武器《ぶき》をかまえた。

そいつが低《ひく》い声《こえ》でささやきかけてくる。

「久《ひさ》しぶり、『おにいちゃん』。」

見知《みし》らぬ相手《あいて》のはずなので、白血球《はっけっきゅう》はとまどった。そいつは顔《かお》を見《み》せ、純粋無垢《じゅんすいむく》な笑《え》みを浮《う》かべて言《い》った。

「僕《ぼく》、大《おお》きくなったら絶対《ぜったい》おにいちゃんみたいな強《つよ》い白血球《はっけっきゅう》になる。」

その言葉《ことば》と、左目《ひだりめ》の下《した》の泣《な》きぼくろに、白血球《はっけっきゅう》はおぼえがあった。

「……おまえ……あのときの……!!」

戦闘用《せんとうよう》ナイフをあげたあの骨髄芽球《こつずいがきゅう》のなれの果《は》てか、と白血球《はっけっきゅう》は胸《むね》が痛《いた》んだ。

ウイルス感染《かんせん》したゾンビや、こいつのようながん細胞《さいぼう》は、かつてはこの体《からだ》に生《う》まれた平《へい》和《わ》で何《なん》の罪《つみ》もない細胞《さいぼう》……仲間《なかま》だったのだ。

それがこの体《せかい》を滅《ほろ》ぼす敵《てき》に変身《へんしん》してしまったため、殺《ころ》さなければならない。

白血病細胞《はっけつびょうさいぼう》になってしまったそいつはニコニコして無邪気《むじゃき》に話《はな》しかけてくる。

「ねえ、待《ま》っててくれた？　僕《ぼく》のこと！」

白血球《はっけっきゅう》は答《こた》えることができない。

「おにいちゃん、また僕《ぼく》と戦《たたか》ってよ！　強《つよ》くなったか見《み》てよ！」

何《なに》かあったと察知《さっち》したらしく、気《き》の短《みじか》いキラーT細胞《ティーさいぼう》が前《まえ》に出《で》た。

「バグ野郎《やろう》！　俺《おれ》が相手《あいて》してやる、かかってこい！」

そいつの表情《ひょうじょう》がゆがんだ。

「はぁ？　何《なに》お前《まえ》？　僕《ぼく》は今《いま》、おにいちゃんと話《はな》してるんだ。」

そのとき、モニター画面《がめん》が展開《てんかい》して空間《くうかん》に映《うつ》しだされた。ヘルパーT細胞《ティーさいぼう》が厳《きび》しい表情《ひょうじょう》で告《つ》げる。

「体内《たいない》に大量《たいりょう》の白血病細胞《はっけつびょうさいぼう》が押《お》しよせています。リンパ節《せつ》にも侵入《しんにゅう》し、ほかの臓器《ぞうき》へむかっているもようです。キラーT細胞《ティーさいぼう》を動員《どういん》します。」

キラーT細胞《ティーさいぼう》の部隊《ぶたい》に戦闘許可《せんとうきょか》が出《で》たのだ。キラーT細胞《ティーさいぼう》がにやりとした。しかし、白《はっ》血病細胞《けつびょうさいぼう》のそいつは冷《つめ》たく言《い》い捨《す》てた。

「ムダだよ。僕《ぼく》らは永遠《えいえん》に増《ふ》え続《つづ》けることができる。殺《ころ》しても殺《ころ》しても殺《ころ》しても殺《ころ》してもだ!!」

自信《じしん》にあふれたそのようすから、白血球《はっけっきゅう》は、この白血病細胞《はっけつびょうさいぼう》がすべての異変《いへん》の始《はじ》まり……この体《せかい》を蝕《むしば》んでいる白血病《はっけつびょう》の原因《げんいん》であり敵《てき》のボスだとさとった。ほかの白血病細胞《はっけつびょうさいぼう》たちも、こいつとよく似《に》た顔《かお》をしているはずだ。

ボスと知《し》った白血球《はっけっきゅう》は冷静《れいせい》に諭《さと》した。

「もうやめろ。お前《まえ》ら異常《いじょう》な細胞《さいぼう》たちの力《ちから》じゃ、この体《からだ》を維持《いじ》できるわけがない。」

裏切《うらぎ》られた、という表情《ひょうじょう》になり、ボスが反論《はんろん》した。

「どうして？　何《なん》でおにいちゃんまでそんなこと言《い》うのさ。僕《ぼく》を待《ま》っててくれたんじゃないの？」

白血球《はっけっきゅう》は目《め》をそらした。残念《ざんねん》でならなかった。

「一緒《いっしょ》に戦《たたか》おうよ……強《つよ》くなったか見《み》てよ！」

「すまない……俺《おれ》はお前《まえ》を——。」

殺《ころ》さなくてはならない、その言葉《ことば》は声《こえ》にできなかった。しかし、言《い》わずとも伝《つた》わってしまったようだ。白血病細胞《はっけつびょうさいぼう》のボスは、一転《いってん》して冷酷《れいこく》な表情《ひょうじょう》に変《か》わった。

「まさか、おにいちゃんまで僕《ぼく》を不良品扱《ふりょうひんあつか》いしてないよね？　……だったら、殺《ころ》すよ。」

モニター画面《がめん》では、ヘルパーT細胞《ティーさいぼう》が指示《しじ》を続《つづ》けている。

「赤色骨髄《せきしょくこつずい》で大量《たいりょう》の白血病細胞《はっけつびょうさいぼう》が増殖中《ぞうしょくちゅう》との報告《ほうこく》あり！　免疫細胞諸君《めんえきさいぼうしょくん》は至急《しきゅう》むかってください！」

いっしゅんモニター画面《がめん》に気《き》を取《と》られ、ふたたび前《まえ》をむいたときには、白血病細胞《はっけつびょうさいぼう》のボスの姿《すがた》はなかった。どこかへ転移《てんい》したのだろう。

白血球《はっけつきゅう》はキラーT細胞《ティーさいぼう》、NK細胞《エヌケーさいぼう》と顔《かお》を見合《みあ》わせた。ふたりに言《い》う。

「まずいぞ……赤色骨髄《せきしょくこつずい》では俺《おれ》たち血球《けっきゅう》が生《う》みだされている。そこを占拠《せんきょ》されたら、新《あたら》しい仲間《なかま》が出《で》てこられない。」

NK細胞《エヌケーさいぼう》がうなずいて応《こた》えた。

「急《いそ》ぐぞ……。」

三名《めい》は走《はし》りだした。

肺《はい》の酸素《さんそ》ボンベ供給室《きょうきゅうしつ》である肺胞《はいほう》。

肺胞《はいほう》の小部屋《こべや》で「ＡＥ３８０３《エーイー》」の赤血球《せっけっきゅう》はメガネの赤血球《せっけっきゅう》の青年《せいねん》と一緒《いっしょ》に、リュックサックに酸素《さんそ》ボンベをつめていた。何度《なんど》も肺胞《はいほう》と街《まち》の避難所《ひなんじょ》を往復《おうふく》し、どうやら新米《しんまい》らしいメガネの赤血球《せっけっきゅう》がへろへろになっているが、赤血球《せっけっきゅう》はあえてスルーした。

「次《つぎ》は小腸《しょうちょう》と大腸《だいちょう》に酸素《さんそ》を運《はこ》ばないと。」

メガネの新米赤血球《しんまいせっけっきゅう》が音《ね》をあげる。

「ちょっと待《ま》ってください。少《すこ》し休《やす》みませんか……。」

「休《やす》んでるヒマなんかないよ。弱《よわ》ってる細胞《さいぼう》さんに届《とど》けてあげなきゃ。」

ボンベをつめられるだけつめたリュックサックを背負《せお》い、さらには両腕《りょううで》にもボンベをかかえ、赤血球《せっけっきゅう》は立《た》ちあがった。

「よし！」

走《はし》りだす赤血球《せっけっきゅう》のあとを、ため息《いき》をつきながら新米赤血球《しんまいせっけっきゅう》が追《お》いかける。

5章《しょう》

赤色骨髄《せきしょくこつずい》――骨髄学園《こつずいがくえん》へむかう大《おお》きな血管《けっかん》の通路《つうろ》を白血球《はっけっきゅう》たち三名《めい》は走《はし》っていた。このあたりでは街《まち》のいたるところが壊《こわ》れ、白血球《はっけっきゅう》たちと白血病細胞《はっけつびょうさいぼう》たちの屍体《したい》が転《ころ》がっている。罪《つみ》のない、街《まち》でくらす細胞《さいぼう》たちも……。

予想外《よそうがい》の惨状《さんじょう》に、キラーT細胞《ティーさいぼう》がとまどった。

リンパ管《かん》にある基地《きち》で待機《たいき》していることも多《おお》いキラーT細胞《ティーさいぼう》に、常《つね》に街《まち》をパトロールしている白血球《はっけっきゅう》が教《おし》えた。

「あれのせいだ。」

上空《じょうくう》を指《さ》す。天《てん》の彼方《かなた》からミサイルが飛《と》んできて、遠《とお》くに着弾《ちゃくだん》した。火《ひ》の手《て》が上《あ》がるのが見《み》える。遅《おく》れて衝撃波《しょうげきは》と爆発音《ばくはつおん》が伝《つた》わる。

「あれは白血病細胞《はっけつびょうさいぼう》を破壊《はかい》してくれるが、同時《どうじ》に俺《おれ》たち血球《けっきゅう》や正常《せいじょう》な細胞《さいぼう》たちも、相当《そうとう》な数《かず》が死《し》ぬことになる。」

ミサイルの名前《なまえ》は抗《こう》がん剤《ざい》――しかし彼《かれ》らはその名《な》も、やってくる理由《りゆう》も知《し》らない。

先《さき》を急《いそ》ぐ白血球《はっけっきゅう》たち三名《めい》は、ミサイルが降《ふ》り注《そそ》ぐエリアに到達《とうたつ》した。しかしここを通《とお》らなくては、骨髄学園《こつずいがくえん》にたどりつけない。

必死《ひっし》に走《はし》るが、ミサイルがすぐ近《ちか》くに着弾《ちゃくだん》し、破片《はへん》と瓦礫《がれき》が飛《と》んできた。

NK細胞《エヌケーさいぼう》が先頭《せんとう》を走《はし》る白血球《はっけっきゅう》をかばう。

「危《あぶ》ないっ。」

飛《と》びついておおいかぶさり、地《ち》にふせさせる。

「NK《エヌケー》！」

起《お》きあがった白血球《はっけっきゅう》が見《み》ると、彼女《かのじょ》の腹《はら》には大《おお》きな破片《はへん》が突《つ》き刺《さ》さっていた。

「大丈夫《だいじょうぶ》だ……。」

気丈《きじょう》にも、体《からだ》を起《お》こしたNK細胞《エヌケーさいぼう》は自《みずか》ら破片《はへん》を引《ひ》きぬく。持《も》っていた包帯《ほうたい》を巻《ま》いて止血《しけつ》していると、キラーT細胞《ティーさいぼう》がさけんだ。

「おい!! あれを見《み》ろっ。」

キラーT細胞《ティーさいぼう》の視線《しせん》を白血球《はっけっきゅう》が追《お》うと——壊《こわ》れてゴーストタウンと化《か》した街《まち》の建物《たてもの》の陰《かげ》から、次々《つぎつぎ》と白血病細胞《はっけつびょうさいぼう》の白《しろ》い姿《すがた》が現《あらわ》れる。

「まだあんなに……。」

おどろく白血球《はっけっきゅう》に、NK細胞《エヌケーさいぼう》がくやしそうに言《い》った。

「あのミサイル……ヤツらには、たいしたことないみたいだな。」

キラーT細胞《ティーさいぼう》がイラついた。

「クッソ！　いったいどこから来《き》やがる！」

☆　☆　☆

入院《にゅういん》して闘病生活《とうびょうせいかつ》を送《おく》る日胡《にこ》は今《いま》、抗《こう》がん剤《ざい》の投与《とうよ》を受《う》けていた。点滴《てんてき》で体《からだ》に抗《こう》がん剤《ざい》を送《おく》りこむ。

抗《こう》がん剤《ざい》の副作用《ふくさよう》が強《つよ》く、吐《は》き気《け》で日胡《にこ》は苦《くる》しんでいた。髪《かみ》の毛《け》を作《つく》る細胞《さいぼう》もやられたため、髪《かみ》が抜《ぬ》け落《お》ちてしまい、毛糸《けいと》の帽子《ぼうし》をかぶっている。

茂《しげる》と新《あらた》が面会《めんかい》に来《き》たときも、細菌《さいきん》などの感染《かんせん》を防《ふせ》ぐため手術中《しゅじゅつちゅう》の医師《いし》と同《おな》じように全身《ぜんしん》を手術着《しゅじゅつぎ》でおおわないと病室内《びょうしつない》に入《はい》れない。

苦《くる》しむ日胡《にこ》をはげまし、吸《す》い飲《の》みという小《ちい》さな急須《きゅうす》の形《かたち》をしたものをくわえさせて水《みず》を飲《の》ませ、茂《しげる》と新《あらた》が日胡《にこ》の世話《せわ》をする。

「……ごめんね……。」

謝《あやま》る日胡《にこ》に茂《しげる》が気丈《きじょう》に答《こた》えた。

「何《なん》だよ、謝《あやま》ることないだろ。」

新《あらた》も力強《ちからづよ》くうなずく。だれよりもがんばっているのは、日胡《にこ》なのだ。

☆　☆　☆

ミサイルがいったん止《や》んだ。

骨髄学園《こつずいがくえん》の敷地《しきち》である、山脈《さんみゃく》にかこまれた美《うつく》しい花畑《はなばたけ》エリアへ入《はい》るトンネルの手前《てまえ》で、白血病細胞《はっけつびょうさいぼう》と戦《たたか》う白血球《はっけつきゅう》たちや別《べつ》の基地《きち》から出動《しゅつどう》した「キラーT細胞部隊《ティーさいぼうぶたい》」に助太刀《すけだち》として白血球《はっけっきゅう》たちも加《くわ》わり、戦《たたか》った。

キラーT細胞《ティーさいぼう》は部下《ぶか》たちも呼《よ》びよせた。

戦《たたか》っても戦《たたか》っても、倒《たお》しても倒《たお》しても終《お》わりが見《み》えない。次《つぎ》から次《つぎ》へと敵《てき》がどこからともなくわいてくる。

とうとうNK細胞《エヌケーさいぼう》が腹《はら》の傷口《きずぐち》を押《お》さえて、がくっと、地《ち》にひざをついた。

「NK《エヌケー》！　大丈夫《だいじょうぶ》か!?」

NK細胞《エヌケーさいぼう》は肩《かた》で大《おお》きく息《いき》をしていた。息切《いきぎ》れしながらつぶやく。

「またヤツらだ……これじゃキリがない……。」

戦《たたか》う免疫細胞《めんえきさいぼう》たち全員《ぜんいん》、疲労《ひろう》の色《いろ》が濃《こ》い。キラーT細胞《ティーさいぼう》が毒《どく》づく。

「酸素不足《さんそぶそく》だ……。何《なに》やってんだっ、赤血球《せっけっきゅう》の連中《れんちゅう》は！　このままじゃ俺《おれ》たち全員《ぜんいん》死滅《しめつ》するぞ！」

白血球《はっけっきゅう》は彼《かれ》をなだめた。

「あいつらなら、かならず来《く》る……かならず俺《おれ》たちのもとへ酸素《さんそ》を届《とど》けてくれる。」

「……おい、俺《おれ》たち本当《ほんとう》に勝《か》てるのか？」

と、キラーT細胞《ティーさいぼう》が初《はじ》めて弱音《よわね》を吐《は》いた。そんな彼《かれ》をバカにするはずのNK細胞《エヌケーさいぼう》もだまってうつむくので、白血球《はっけっきゅう》ははげました。

「怖《お》じ気《け》づくなんて、お前《まえ》らしくないな。」

キラーT細胞《ティーさいぼう》がくやしそうにこぶしをふるわせる。

「今《いま》ここで戦《たたか》わなければ、この体《せかい》は終《お》わる。」

ほかに言《い》えることは何《なに》もない。白血球《はっけっきゅう》は単身《たんしん》、敵《てき》の群《む》れのど真《ま》ん中《なか》へ突撃《とつげき》した。戦闘用《せんとうよう》ナイフを振《ふ》るい、斬《き》って斬《き》って斬《き》りまくる。獅子奮迅《ししふんじん》のはたらきで大量《たいりょう》の白血病《はっけつびょう》細胞《さいぼう》を殲滅《せんめつ》し、屍体《したい》の山《やま》を築《きず》くが、敵《てき》の数《かず》は一向《いっこう》に減《へ》らない。

トンネルの先《さき》へ進《すす》めない白血球《はっけっきゅう》が、突破《とっぱ》する作戦《さくせん》はないのかとあせりだしたとき、NK《エヌケー》細胞《さいぼう》が加勢《かせい》した。

「……ここはあたしに任《まか》せて、お前《まえ》は赤色骨髄《せきしょくこつずい》へ行《い》け。」

NK細胞《エヌケーさいぼう》の息《いき》は荒《あら》く、顔《かお》は青《あお》ざめている。酸素不足《さんそぶそく》に加《くわ》えて腹《はら》の傷《きず》のダメージが大《おお》きいのだ。

「NK《エヌケー》！　お前《まえ》は無理《むり》するな！」

止《と》める白血球《はっけっきゅう》をNK細胞《エヌケーさいぼう》は振《ふ》り払《はら》った。ニヤリと笑《わら》う。

「あたしはだれの指図《さしず》も受《う》けない。自分《じぶん》の意思《いし》で戦《たたか》う。」

武器《ぶき》である大型《おおがた》ナイフの刃《は》も刃《は》こぼれし、体《からだ》にもあちこち傷《きず》を負《お》っているが、それでもNK細胞《エヌケーさいぼう》は無数《むすう》の敵《てき》に単独《たんどく》で立《た》ちむかってゆく。

NK細胞《エヌケーさいぼう》を置《お》いてゆく決断《けつだん》ができず、白血球《はっけっきゅう》が彼女《かのじょ》をかばってともに戦《たたか》おうとしたとたん……吹《ふ》っ飛《と》ばされた。

白血球《はっけっきゅう》をなぐり飛《と》ばしたのは、キラーT細胞《ティーさいぼう》だった。白血球《はっけっきゅう》の立《た》ち位置《いち》を奪《うば》うと、NK《エヌケー》細胞《さいぼう》にいつもの調子《ちょうし》で話《はな》しかける。

「ホントにてめぇはナルシスト野郎《やろう》だな。てめぇだけにカッコつけさせてたまるか。俺《おれ》もここで戦《たたか》う。」

続《つづ》けて発《はっ》した命令《めいれい》一つでキラーT細胞《ティーさいぼう》の部下《ぶか》たちが集《あつ》まってきた。

「白血球《はっけっきゅう》！　俺《おれ》たちが援護《えんご》する。お前《まえ》は赤色骨髄《せきしょくこつずい》へ行《い》け！」

それでもまだ白血球《はっけっきゅう》はためらった。しかし、キラーT細胞《ティーさいぼう》とNK細胞《エヌケーさいぼう》は顔《かお》を見合《みあ》わせて小《ちい》さくほほえんだ。キラーT細胞《ティーさいぼう》が部下《ぶか》たちに命《めい》じる。

「行《い》くぞ!!」

「イエッサー!!」

NK細胞《エヌケーさいぼう》を中心《ちゅうしん》に横一列《よこいちれつ》になって突進《とっしん》した彼《かれ》らは、三方《さんぽう》に分《わ》かれ敵《てき》をかこいこんで、それぞれ自分《じぶん》に敵《てき》の目《め》をむけさせ、すきを作《つく》る。

NK細胞《エヌケーさいぼう》がさけんだ。

「白血球《はっけっきゅう》！　今《いま》だ！　行《い》けっ！」

キラーT細胞《ティーさいぼう》もどなる。

「もたもたすんな！　早《はや》く来《こ》い！」

心《こころ》を決《き》めた白血球《はっけっきゅう》はすこし離《はな》れたところにいるキラーT細胞《ティーさいぼう》にむかってダッシュした。

キラーT細胞《ティーさいぼう》が白血球《はっけっきゅう》の腕《うで》をつかんで、全力《ぜんりょく》で投《な》げ飛《と》ばす。

宙《ちゅう》を舞《ま》った白血球《はっけっきゅう》は白血病細胞《はっけつびょうさいぼう》の群《む》れが手薄《てうす》になったあたりの上《うえ》を飛《と》びこえ、塞《ふさ》がれていたトンネルの通路《つうろ》を突破《とっぱ》した。

トンネルの出口《でぐち》が見《み》える。全力《ぜんりょく》でひとり走《はし》る。

トンネルの手前《てまえ》、ミサイルで破壊《はかい》されて瓦礫《がれき》だらけのでこぼこ道《みち》を、リュックサックを背負《せお》い、酸素《さんそ》ボンベをかかえた「ＡＥ３８０３《エーイー》」の赤血球《せっけっきゅう》とメガネをかけた「ＡＡ２１５３《エーエー》」の新米赤血球《しんまいせっけっきゅう》は走《はし》っていた。

次《つぎ》の目的地《もくてきち》は赤色骨髄《せきしょくこつずい》——骨髄学園《こつずいがくえん》だ。そこには、この体《からだ》の未来《みらい》を支《ささ》えるはずの幼《おさな》い後輩《こうはい》たちがいる。

未来《みらい》のために、生《い》きるのに必要《ひつよう》な酸素《さんそ》を届《とど》けなくてはならない。

しかしもう、体力《たいりょく》が尽《つ》きた新米赤血球《しんまいせっけっきゅう》の足《あし》はふらつき、今《いま》にもつまずいて倒《たお》れそうだ。

次第《しだい》に赤血球《せっけっきゅう》から離《はな》され、いくら呼《よ》んでも待《ま》ってもらえず、とうとう新米赤血球《しんまいせっけっきゅう》は足《あし》を止《と》めてへたりこんでしまった。

赤血球《せっけっきゅう》が気《き》づいてもどってくる。

「どうしたの？」

「もう無理《むり》ですよ。僕《ぼく》たちがいくらがんばったところで、この状況《じょうきょう》が何《なに》か変《か》わると思《おも》いますか？」

新米赤血球《しんまいせっけっきゅう》が泣《な》き言《ごと》を言《い》う。

「まわりをよく見《み》てくださいよ。僕《ぼく》たちのほかに赤血球《せっけっきゅう》なんて、どこにもいないじゃないですか！」

そう、ここにはたらく赤血球《せっけっきゅう》は見当《みあ》たらない。見《み》えるのは瓦礫《がれき》の山《やま》、その陰《かげ》で積《つ》み重《かさ》なる白血病細胞《はっけつびょうさいぼう》と免疫細胞《めんえきさいぼう》の屍体《したい》、そこにときおりまざる赤血球《せっけっきゅう》の屍体《したい》だけだ。

「どうやったって、酸素《さんそ》の供給《きょうきゅう》が追《お》いつくわけないっ。」

泣《な》きべそをかきながら新米赤血球《しんまいせっけっきゅう》が、手《て》にしていた酸素《さんそ》ボンベを投《な》げ捨《す》て、背負《せお》っていたリュックサックも下《お》ろして放《ほう》りだす。

「この体《からだ》はもう終《お》わりなんですよ！」

赤血球《せっけっきゅう》もそんなことはわかっていた。

「僕《ぼく》は……怖《こわ》い……。もう……楽《らく》になりたいんだ……。」

赤血球《せっけっきゅう》はぐっとこぶしをにぎり、号泣《ごうきゅう》する新米赤血球《しんまいせっけっきゅう》に告《つ》げた。

「私《わたし》だって……私《わたし》だって怖《こわ》いよ！　すごく怖《こわ》い……。」

え、とメガネをかけなおして新米赤血球《しんまいせっけっきゅう》が赤血球《せっけっきゅう》を見上《みあ》げる。

「でも、今《いま》この体《からだ》を守《まも》るために、みんな必死《ひっし》に戦《たたか》っている。」

赤血球《せっけっきゅう》の脳裏《のうり》には、勇《いさ》ましく戦《たたか》う白血球《はっけっきゅう》の姿《すがた》が浮《う》かんでいた。

「だから、私《わたし》は逃《に》げない。何《なに》があっても、戦《たたか》っている細胞《さいぼう》さんたちにこの酸素《さんそ》を届《とど》ける。それが私《わたし》の仕事《しごと》だから。」

赤血球《せっけっきゅう》はメガネの新米赤血球《しんまいせっけっきゅう》を残《のこ》してふたたび走《はし》りだした。自分《じぶん》ひとりになっても、使命《しめい》を果《は》たす。

☆　☆　☆

病院《びょういん》で日胡《にこ》との面会《めんかい》を終《お》えた茂《しげる》は、新《あらた》と待合《まちあい》スペースのベンチで話《はな》した。

「あいつな、昔《むかし》から弱音《よわね》を吐《は》いたことがなくてな。母親《ははおや》が死《し》んだときも、俺《おれ》のほうがなぐさめられちまって。ほらこれ。」

上着《うわぎ》のポケットから財布《さいふ》を出《だ》すと、その中《なか》に大切《たいせつ》にしまってあるものを茂《しげる》は新《あらた》に見《み》せた。古《ふる》い紙切《かみき》れを広《ひろ》げると、幼《おさな》い文字《もじ》が鉛筆《えんぴつ》で書《か》いてある。

『パパ　げんきだしてね　にこより。』

笑顔《えがお》の女《おんな》の子《こ》の絵《え》がそえられていた。九歳《さい》の日胡《にこ》の自画像《じがぞう》だろう。

新《あらた》がじっと手紙《てがみ》に見入《みい》っている。茂《しげる》は自嘲《じちょう》した。

「情《なさ》けねぇ親父《おやじ》だよな、ホント……ホント情《なさ》けねぇよ。」

自分《じぶん》ひとりでは耐《た》えられなかったかもしれない。それが、この誠実《せいじつ》な青年《せいねん》が日胡《にこ》により添い、ともに闘《たたか》ってくれると言《い》うので、茂《しげる》は酒《さけ》にもタバコにもジャンクフードにも頼《たよ》らずにがんばっていられる。

まだ十八歳《さい》で、つきあって間《ま》もない彼女《かのじょ》が重《おも》い病気《びょうき》と知《し》ったら、逃《に》げだしても不思議《ふしぎ》ではない。なのに新《あらた》は絶対《ぜったい》に逃《に》げなかった。

茂《しげる》は新《あらた》に頭《あたま》を下《さ》げた。

「俺《おれ》は何《なに》もできねぇから……。どうか、一緒《いっしょ》にはげましてやってくれ。なっ、頼《たの》む。」

「はい……もちろんです。」

そこへ、看護師《かんごし》がやってきた。

「お父様《とうさま》！　日胡《にこ》ちゃんが！」

日胡《にこ》の容態《ようだい》が急《きゅう》に悪化《あっか》した。

茂《しげる》と新《あらた》が駆《か》けつけると、病室内《びょうしつない》はあわただしくなっていた。緊急事態《きんきゅうじたい》のため中《なか》には入《はい》れず、廊下側《ろうかがわ》の窓《まど》からのぞくと七條医師《しちじょういし》と看護師《かんごし》がふたり、真剣《しんけん》な表情《ひょうじょう》で処置《しょち》をしている。

「血圧低下《けつあつていか》しています！」

「抗《こう》がん剤止《ざいと》めて。生理食塩水全開《せいりしょくえんすいぜんかい》で。酸素《さんそ》、マスクで5L《リットル》。」

「はい。」と看護師《かんごし》が日胡《にこ》の顔《かお》に酸素《さんそ》マスクをつける。日胡《にこ》の顔《かお》から血《ち》の気《け》が失《うしな》われていた。

「昇圧剤《しょうあつざい》も準備《じゅんび》して。」

別《べつ》の看護師《かんごし》がその指示《しじ》にしたがう。酸素《さんそ》マスクをつけながら、看護師《かんごし》が呼《よ》びかけた。

「日胡《にこ》ちゃん、日胡《にこ》ちゃん、聞《き》こえますか？」

茂《しげる》と新《あらた》も、窓《まど》の外《そと》から必死《ひっし》になって呼《よ》びかけた。

「日胡《にこ》！　しっかりしろ、日胡《にこ》！」

「聞《き》こえますか、日胡《にこ》ちゃん！」

看護師《かんごし》の声《こえ》に日胡《にこ》の反応《はんのう》がない。茂《しげる》はさけんだ。

「日胡《にこ》っ！　日胡《にこ》っ！」

☆　　☆　　☆

トンネルの中《なか》で戦《たたか》い続《つづ》けるキラーT細胞《ティーさいぼう》たちとNK細胞《エヌケーさいぼう》。

無我夢中《むがむちゅう》で目《め》の前《まえ》の敵《てき》をとにかく倒《たお》していたキラーT細胞《ティーさいぼう》がわれに返《かえ》ると、立《た》っているのは自分《じぶん》だけだった。部下《ぶか》たちが倒《たお》れているけれど、おそらくもう……。

白血病細胞《はっけつびょうさいぼう》もあらかた倒《たお》れてはいるが。

はっとして周囲《しゅうい》を見回《みまわ》すと、後方《こうほう》で白血病細胞《はっけつびょうさいぼう》が、するどくとがらせた右腕《みぎうで》でNK細胞《エヌケーさいぼう》の胴《どう》を背後《はいご》からくし刺《ざ》しにしている。

ボスが無言《むごん》で右腕《みぎうで》を引《ひ》きぬくと、NK細胞《エヌケーさいぼう》がゆっくりとあおむけに倒《たお》れる。

叫《さけ》びながら、キラーT細胞《ティーさいぼう》は白血病細胞《はっけつびょうさいぼう》のボスに躍《おど》りかかった。しかし、ボスはすばやく身《み》をひるがえして、姿《すがた》をくらます。

NK細胞《エヌケーさいぼう》がまだうめいているので、キラーT細胞《ティーさいぼう》は駆《か》けより、彼女《かのじょ》をかかえあげた。

「大丈夫《だいじょうぶ》か！　おい！　ＮＫ《エヌケー》！」

　呼《よ》びかけに応《おう》じて、ＮＫ細胞《エヌケーさいぼう》がまぶたをこじ開《あ》ける。呼吸《こきゅう》が浅《あさ》い。大《おお》きく開《ひら》いた腹《はら》の傷《きず》口《ぐち》をふくめ、彼女《かのじょ》は全身《ぜんしん》に深手《ふかで》を負《お》っていた。

「……キラーＴ《ティー》……楽《たの》しかったぜ……。たまにはほかと群《む》れて……戦《たたか》うのもな……うっ。」

「おい！　おいっ!!」

　苦痛《くつう》の声《こえ》をあげ、表情《ひょうじょう》をゆがめると、ＮＫ細胞《エヌケーさいぼう》は体《からだ》をけいれんさせ……キラーＴ細胞《ティーさいぼう》がなすすべもないまま抱《だ》く腕《うで》の中《なか》で息絶《いきた》えた。

「クッソ……バカ野郎《やろう》が……俺《おれ》だってよ、本当《ほんとう》はうらやましかったぜ。だれの指図《さしず》も受《う》けず自由《じゆう》に戦《たたか》えるお前《まえ》のことがよ……！」

　まぶたを閉《と》じさせ表情《ひょうじょう》を整《ととの》えてやると、キラーＴ細胞《ティーさいぼう》はＮＫ細胞《エヌケーさいぼう》をその場《ば》に横《よこ》たえた。

　取《と》り落《お》とした相棒《あいぼう》の大型《おおがた》ナイフを拾《ひろ》って、手《て》に握《にぎ》らせる。

　キラーＴ細胞《ティーさいぼう》は立《た》ちあがり、絶叫《ぜっきょう》しながら残《のこ》る敵《てき》に突《つ》っこんだ。

「クソぉぉぉおっ!!」

　鬼神《きじん》のごとく暴《あば》れるキラーＴ細胞《ティーさいぼう》が、あと少《すこ》しで敵《てき》を全滅《ぜんめつ》させようとしたとき、白血病《はっけつびょう》細胞《さいぼう》のボスがどこからともなくふたたび出現《しゅつげん》した。

白血病細胞《はっけつびょうさいぼう》のボスは自分《じぶん》の体《からだ》から新《あたら》しい白血病細胞《はっけつびょうさいぼう》を分裂《ぶんれつ》させ、満身創痍《まんしんそうい》のキラーT細胞《ティーさいぼう》にむかって容赦《ようしゃ》なく弾丸《だんがん》のように飛《と》びかからせる。

「行《い》け。」

何十体《なんじったい》もの白血病細胞《はっけつびょうさいぼう》に取《と》りかこまれ、壁《かべ》に押《お》しつけられて身動《みうご》きできずにもがくキラーT細胞《ティーさいぼう》に、白血病細胞《はっけつびょうさいぼう》のボスがゆっくりと歩《あゆ》みよってきた。

くちびるに冷酷《れいこく》な笑《え》みを浮《う》かべるボス……彼《かれ》の手《て》には、白血球《はっけっきゅう》からもらった戦闘用《せんとうよう》ナイフが握《にぎ》られている。

次《つぎ》に何《なに》が起《お》きるかを察《さっ》したキラーT細胞《ティーさいぼう》は渾身《こんしん》の力《ちから》で白血病細胞《はっけつびょうさいぼう》たちを振《ふ》り払《はら》おうとした。しかし逆《ぎゃく》に強《つよ》く押《お》しこまれて息《いき》もできなくなってしまう。

ボスは無表情《むひょうじょう》で右手《みぎて》にナイフを持《も》ったまま腕《うで》を長《なが》く伸《の》ばした。生《う》みだした白血病細胞《はっけつびょうさいぼう》をも巻《ま》きこんで串刺《くしざ》しにしながら、ボスはキラーT細胞《ティーさいぼう》の体《からだ》をナイフで貫《つらぬ》く。

キラーT細胞《ティーさいぼう》は最期《さいご》をむかえた。

「……頼《たの》んだぜ……白血球《はっけっきゅう》……。」

望《のぞ》みを託《たく》して、こと切《き》れる。

リンパ節《せつ》の免疫基地《めんえききち》にあるヘルパーT細胞《ティーさいぼう》の司令室《しれいしつ》。

全身《ぜんしん》の各臓器《かくぞうき》や組織《そしき》——街《まち》を映《うつ》した監視《かんし》モニターが無数《むすう》にある。どの画面《がめん》にも、押《お》しよせる白血病細胞《はっけつびょうさいぼう》が映《うつ》しだされていた。

ヘルパーT細胞《ティーさいぼう》はマイクにむかって、状況報告《じょうきょうほうこく》と指令《しれい》を出《だ》し続《つづ》けていた。

「膵臓地区《すいぞうちく》にも白血病細胞《はっけつびょうさいぼう》が出現《しゅつげん》！　大腸地区《だいちょうちく》と小腸地区《しょうちょうちく》にも！　キラーT《ティー》、至急現場《しきゅうげんば》にむかってください。……キラーT《ティー》？　応答《おうとう》せよ！」

各《かく》リンパ管《かん》にあるはずの基地《きち》、各所《かくしょ》に待機《たいき》しているはずのキラーT細胞《ティーさいぼう》の部隊長《ぶたいちょう》が、だれも反応《はんのう》しない。

「応答《おうとう》せよ！」

まさか……とヘルパーT細胞《ティーさいぼう》があせったそのとき、司令室《しれいしつ》のドアが大《おお》きな音《おと》を立《た》て、蹴《け》破《やぶ》られた。

ふり返《かえ》ったヘルパーT細胞《ティーさいぼう》のメガネに、なだれこんでくる白血病細胞《はっけつびょうさいぼう》たちが映《うつ》りこむ。

懸念《けねん》どおり、基地《きち》までもが乗《の》っ取《と》られたのだ。

「もう、ここまで……!!」

司令室《しれいしつ》でともにはたらいている制御性《せいぎょせい》T《ティー》細胞《さいぼう》や部下《ぶか》たちが悲鳴《ひめい》をあげた。


トンネルの手前《てまえ》の通路《つうろ》を、「AE3803《エーイー》」の赤血球《せっけっきゅう》はひとりで走《はし》っていた。瓦礫《がれき》に何《なん》度《ど》もつまずき、全身傷《ぜんしんきず》だらけだ。

ひっきりなしに遠《とお》くでミサイルが着弾《ちゃくだん》する爆発音《ばくはつおん》がする。

疲労困憊《ひろうこんぱい》し、休《やす》みたいという気持《きも》ちをおさえつけて赤血球《せっけっきゅう》の足《あし》を前《まえ》に進《すす》めているのは、白血球《はっけっきゅう》の言葉《ことば》だった。

――『俺《おれ》たちが戦《たたか》えるのは、お前《まえ》ら赤血球《せっけっきゅう》がいつも酸素《さんそ》を運《はこ》んでくれるからだ。』

頼《たの》んだぞ、という白血球《はっけっきゅう》の声《こえ》が聞《き》こえた気《き》がして、赤血球《せっけっきゅう》は歯《は》を食《く》いしばり、酸素《さんそ》ボンベをかかえなおして、さらに走《はし》った。

走《はし》って走《はし》って……トンネルの中《なか》では、想像以上《そうぞういじょう》の凄惨《せいさん》な現場《げんば》を見《み》た。白血病細胞《はっけつびょうさいぼう》の屍体《したい》にまじり、その顔《かお》に見覚《みおぼ》えのある免疫細胞《めんえきさいぼう》たちが息絶《いきた》えていた。

怖《こわ》くて、見《み》ないようにしたいけれど、白血球《はっけっきゅう》がその中《なか》にいたらどうしようという思《おも》いが消《き》えず、つい確《たし》かめてしまう。

幸《さいわ》い、ここに白血球《はっけっきゅう》は見当《みあ》たらない。

きっと、どこかで戦《たたか》っている……そう信《しん》じて、赤血球《せっけっきゅう》も自分《じぶん》の使命《しめい》を果《は》たすために先《さき》をめざした。

赤色骨髄《せきしょくこつずい》――自分《じぶん》が生《う》まれ育《そだ》った骨髄学園《こつずいがくえん》へ。そこで生《う》まれ、育《そだ》つ後輩《こうはい》たちのために、この体《からだ》の未来《みらい》のために、酸素《さんそ》を届《とど》ける。

トンネルをぬけ、赤血球《せっけっきゅう》は骨髄学園《こつずいがくえん》の敷地《しきち》に入《はい》った。美《うつく》しい花畑《はなばたけ》がひろがっていたはずの場所《ばしょ》は、荒《あ》れ果《は》てた砂漠《さばく》に変《か》わっていた。

遠《とお》くに、人間《にんげん》の世界《せかい》でたとえるなら西洋《せいよう》の宮殿《きゅうでん》や聖堂《せいどう》のような、高《たか》い塔《とう》の並《なら》ぶデザインの骨髄学園《こつずいがくえん》の建物《たてもの》が見《み》える。

しかしそれもまた、あちこちがくずれていた。ここをかこんで守《まも》っている山脈《さんみゃく》をこえ、ミサイルがやってきているのだ。

骨髄学園《こつずいがくえん》の中《なか》にいる細胞《さいぼう》たちが無傷《むきず》とは、とても思《おも》えない……。ショックを受《う》けた赤血球《せっけっきゅう》は強《つよ》い意志《いし》がついにゆらぎ、疲労《ひろう》に負《ま》けた。足《あし》がもつれ、赤血《せっけっ》球《きゅう》は砂地《すなじ》に倒《たお》れてしまった。酸素《さんそ》ボンベを取《と》り落《お》とす。

「……行《い》かなきゃ……私《わたし》が……。」

もがくけれど、全身《ぜんしん》が言《い》うことを聞《き》かない。

☆　☆　☆

日胡《にこ》は危機《きき》を脱《だっ》した。しかし、小康状態《しょうこうじょうたい》も一時的《いちじてき》なものに過《す》ぎない。

夜《よる》の診察室《しんさつしつ》で、茂《しげる》は七条医師《しちじょういし》から治療方針《ちりょうほうしん》の説明《せつめい》を受《う》けた。

「今《いま》は奇跡的《きせきてき》に体《からだ》が保《も》った状態《じょうたい》です。しかしこのままでは、日胡《にこ》ちゃんの体《からだ》がいつまで保《も》つか……。」

「えっ、じゃあ……日胡《にこ》は……？」

最悪《さいあく》の答《こた》えが返《かえ》ってくる恐怖《きょうふ》におびえながら、茂《しげる》は言葉《ことば》の先《さき》をたずねた。

「残《のこ》された可能性《かのうせい》は骨髄移植《こつずいいしょく》だけとなります。ドナーが見《み》つかって移植《いしょく》のスケジュールが決《き》まり次第《しだい》、抗《こう》がん剤治療《ざいちりょう》と並行《へいこう》して、放射線治療《ほうしゃせんちりょう》をおこなっていきます。」

ドナーとは骨髄液《こつずいえき》などにふくまれる造血幹細胞《ぞうけつかんさいぼう》を、ボランティアで提供《ていきょう》してくれる人《ひと》だ。この細胞《さいぼう》には型《タイプ》がいろいろとあり、事前《じぜん》に登録《とうろく》してある中《なか》からぐうぜん型《タイプ》が一致《いっち》する人《ひと》を見《み》つけださなくてはならない。

そのドナーも、提供《ていきょう》する際《さい》は家族《かぞく》の同意《どうい》をとりつけ、麻酔《ますい》をかけて骨髄液《こつずいえき》を採取《さいしゅ》し、入院《にゅういん》する必要《ひつよう》がある。そもそも健康《けんこう》でなくてはならない。健康《けんこう》なのに入院《にゅういん》して麻酔《ますい》をかけられてもいい、他人《たにん》の命《いのち》を助《たす》けるために……というボランティアなのだ。

なのでドナーになってくれる人《ひと》は多《おお》くない。多《おお》くないのに、型《タイプ》がいろいろとある。

幸運《こううん》が味方《みかた》してくれなくては、移植《いしょく》は成功《せいこう》しない。

その説明《せつめい》を茂《しげる》が理解《りかい》したと確認《かくにん》の上《うえ》で、七條医師《しちじょういし》は説明用《せつめいよう》のパンフレットを手《て》わたした。

パンフレットを見《み》て、茂《しげる》はたずねた。

「放射線治療《ほうしゃせんちりょう》……って？」

「移植《いしょく》する新《あたら》しい骨髄液《こつずいえき》が異物《いぶつ》と見《み》なされ、免疫《めんえき》に攻撃《こうげき》されないよう、移植前処置《いしょくぜんしょち》では今《いま》ある『血液中《けつえきちゅう》のすべての細胞《さいぼう》』を破壊《はかい》します。」

こんなにもがんばって戦《たたか》い、酸素《さんそ》を運《はこ》ぼうとしている細胞《さいぼう》たち……日胡《にこ》を生《い》かすために犠牲《ぎせい》になることが決《き》まった。

白血病細胞《はっけつびょうさいぼう》ごと消滅《しょうめつ》させられる。

まったく別《べつ》の新《あたら》しい「血液《けつえき》ではたらく細胞《さいぼう》が生《う》まれる場所《ばしょ》」を一《いち》からつくるために。

☆　☆　☆

自分《じぶん》の悲《かな》しい運命《うんめい》を何《なに》も知《し》らないままの「AE3803《エーイー》」の赤血球《せっけっきゅう》。

しばらく意識《いしき》を失《うしな》っていたが、足音《あしおと》で目《め》を覚《さ》ました。上体《じょうたい》を起《お》こしてふりむくと、白血病細胞《はっけつびょうさいぼう》の群《む》れがトンネルのほうからやってくるのが見《み》えた。

逃《に》げようとしたけれど、疲《つか》れと恐怖《きょうふ》で体《からだ》がうまく動《うご》かない。どんどん敵《てき》が近《ちか》づいてくる。絶望《ぜつぼう》したとき――。

「うわあああっ。」

聞《き》き覚《おぼ》えのある声《こえ》だ。雄叫《おたけ》びをあげ、トンネルのほうから走《はし》ってきたのはメガネをかけた赤血球《せっけっきゅう》の青年《せいねん》――「ＡＡ《エーエー》２１５３」の新米赤血球《しんまいせっけっきゅう》だった。

「こっちだ！　こっちにも酸素《さんそ》があるぞ！」

新米赤血球《しんまいせっけっきゅう》は手《て》に持《も》った酸素《さんそ》ボンベを高《たか》くかかげて振《ふ》り回《まわ》し、白血病細胞《はっけつびょうさいぼう》たちの注意《ちゅうい》を引《ひ》く。

助《たす》けなきゃ、と思《おも》わず立《た》ちあがった赤血球《せっけっきゅう》に、新米赤血球《しんまいせっけっきゅう》がどなった。

「何《なに》やってるんですか！　早《はや》く酸素《さんそ》を運《はこ》んでください……!!」

白血病細胞《はっけつびょうさいぼう》のターゲットになり、詰《つ》められて、恐怖《きょうふ》で顔《かお》をゆがませながらも彼《かれ》は必死《ひっし》に、早《はや》く、先《さき》へ行《い》って、とさけぶ。

けれど赤血球《せっけっきゅう》に新米赤血球《しんまいせっけっきゅう》を見捨《みす》てる勇気《ゆうき》は出《で》なかった。

「危《あぶ》ない……！」

彼《かれ》のもとへ走《はし》ろうとしたとき――新米赤血球《しんまいせっけっきゅう》につかみかかろうとしていた白血病細胞《はっけつびょうさいぼう》た

ちがまとめて吹《ふ》っ飛《と》んだ。

骨髄学園《こつずいがくえん》のほうからやってきた白《しろ》い影《かげ》……白《しろ》いエプロンドレスのたっぷりとギャザーの入《はい》ったスカートをひるがえし、武器《ぶき》の大鉈《おおなた》を振《ふ》り回《まわ》しているのは――。

「マクロファージ先生《せんせい》!?」

白血病細胞《はっけつびょうさいぼう》たちを十数体《じゅうすうたい》、まとめて瞬殺《しゅんさつ》したマクロファージ先生《せんせい》は、赤血球《せっけっきゅう》ににっこりとほほえんだ。

「おひさしぶりね。」

「え、どうして……?」

赤血球《せっけっきゅう》が知《し》っているこのマクロファージ先生《せんせい》は、骨髄学園《こつずいがくえん》の保育園《ほいくえん》にいるやさしい先生《せんせい》だ。優美《ゆうび》な笑《え》みを浮《う》かべながらマクロファージ先生《せんせい》が答《こた》えた。

「言《い》ってなかったっけ? 私《わたし》にはね、先生以外《せんせいいがい》にもいくつもの顔《かお》があるのよ。殺《ころ》し屋《や》……とかね。」

殺《ころ》し屋《や》……赤血球《せっけっきゅう》がおどろいていると、マクロファージ先生《せんせい》は告《つ》げた。

「あなたは早《はや》く行《い》きなさい。自分《じぶん》の使命《しめい》を全《まっと》うするのよ。」

声《こえ》はやさしいけれど、反論《はんろん》をゆるさない言《い》い方《かた》だった。

「はい！」

マクロファージ先生《せんせい》が、あらたに出現《しゅつげん》した白血病細胞《はっけつびょうさいぼう》の群《む》れへと駆《か》けてゆく。よく見《み》れば白《しろ》いドレスはあちこち汚《よご》れて、フリルも裾《すそ》もぼろぼろだ。骨髄学園《こつずいがくえん》の中《なか》でも戦《たたか》いがくり広《ひろ》げられているのだろう。

赤血球《せっけっきゅう》は新米赤血球《しんまいせっけっきゅう》に声《こえ》をかけた。

「行《い》こう。」

だが、新米赤血球《しんまいせっけっきゅう》は首《くび》を横《よこ》に振《ふ》った。

「いや。僕《ぼく》は残《のこ》って、マクロファージさんに酸素供給《さんそきょうきゅう》して援護《えんご》します！」

つい心配《しんぱい》そうな表情《ひょうじょう》を浮《う》かべてしまった赤血球《せっけっきゅう》に、新米赤血球《しんまいせっけっきゅう》はたのもしい笑顔《えがお》で言《い》った。

「もう大丈夫《だいじょうぶ》です。何《なに》があっても酸素《さんそ》を届《とど》ける、それが……僕《ぼく》の仕事《しごと》なんだ！」

言《い》い置《お》いて、新米赤血球《しんまいせっけっきゅう》はマクロファージ先生《せんせい》のほうへとむかっていった。

「酸素《さんそ》です！」

赤血球《せっけっきゅう》も納得《なっとく》し、目的地《もくてきち》の骨髄学園《こつずいがくえん》へとふたたび走《はし》りだす。

骨髄学園《こつずいがくえん》の校門《こうもん》を赤血球《せっけっきゅう》はくぐった。

いちばん近《ちか》くにあった骨髄学園《こつずいがくえん》の校舎《こうしゃ》に入《はい》ると、ここでも数《かぞ》え切《き》れないほどの屍体《したい》が山《やま》となっていた。白血病細胞《はっけつびょうさいぼう》と免疫細胞《めんえきさいぼう》、両方《りょうほう》だ。

奥《おく》のほうで戦《たたか》いの音《おと》が聞《き》こえ、赤血球《せっけっきゅう》はおそるおそる近《ちか》づいた。


「1146」の白血球《はっけっきゅう》はたったひとり、奮戦《ふんせん》していた。

白血病細胞《はっけつびょうさいぼう》の群《む》れが腕《うで》を槍先《やりさき》のように変化《へんか》させて攻撃《こうげき》してくるのを防《ふせ》ぎ、次《つぎ》から次《つぎ》へ斬《き》り落《お》とし、一体《たい》ずつ間合《まあ》いに深《ふか》く踏《ふ》みこんで胴《どう》を横《よこ》なぎにしとめたり、けさ斬《ぎ》りにしたりしてから、首《くび》をはねてとどめを刺《さ》す。孤軍奮闘《こぐんふんとう》で群《む》れを散《ち》らし、一体《たい》ずつ敵《てき》の動《うご》きを止《と》める。

しかし、疲《つか》れ果《は》てた白血球《はっけっきゅう》自身《じしん》も体《たい》さばきの切《き》れがよくない。白血球《はっけっきゅう》は肩《かた》で大《おお》きく息《いき》をしていた。酸素不足《さんそぶそく》で苦《くる》しい。

群《む》れの最後《さいご》の一体《たい》を斬《き》り倒《たお》して、白血球《はっけっきゅう》はその場《ば》にひざをついてしまった。ずるずるとくずおれる。

赤血球《せっけっきゅう》が見《み》つけたのは、屍体《したい》の山《やま》のあいだで床《ゆか》にうずくまる見《み》なれた白《しろ》い戦闘服《せんとうふく》……「1146」の白血球《はっけっきゅう》だ。

望《のぞ》みをかけて、赤血球《せっけっきゅう》は声《こえ》をかけた。

「白血球《はっけっきゅう》さん!!」

白血球《はっけっきゅう》が顔《かお》を上《あ》げ、大《おお》きく左目《ひだりめ》を見開《みひら》いた。

「……赤血球《せっけっきゅう》……!!」

その声《こえ》を聞《き》いて、よかった……、と赤血球《せっけっきゅう》は涙《なみだ》が出《で》そうになった。

「酸素《さんそ》を届《とど》けに来《き》ました!」

白血球《はっけっきゅう》に駆《か》けよると、赤血球《せっけっきゅう》は酸素《さんそ》ボンベに吸入用《きゅうにゅうよう》のパーツをつけて、彼《かれ》の口《くち》もとにかざした。

酸素《さんそ》を吸《す》いこみ、苦《くる》しそうだった白血球《はっけっきゅう》の表情《ひょうじょう》がやわらぐ。

「すみません、遅《おそ》くなってしまって……。」

白血球《はっけっきゅう》はかぶりを振《ふ》った。

「ありがとう……赤血球《せっけっきゅう》。」

「いえ。」

と赤血球《せっけっきゅう》はほほえんだ。

☆　☆　☆

幸運《こううん》なことに、日胡《にこ》のドナーはすぐに見《み》つかった。

放射線治療《ほうしゃせんちりょう》が開始《かいし》される。

☆　☆　☆

白血球《はっけっきゅう》がどうにか、一息《ひといき》ついたとき。

なぜかあたりがとつぜん暗《くら》くなった。この体に昼《ひる》も夜《よる》もない。明《あか》るい場所《ばしょ》と薄暗《うすぐら》い場所《ばしょ》があるだけで……しかしそれは、人間《にんげん》の世界《せかい》でたとえるなら、昼間《ひるま》からいきなり日没直後《にちぼつちょくご》になったような暗《くら》さだった。

何《なに》が起《お》きた、と白血球《はっけっきゅう》と赤血球《せっけっきゅう》は顔《かお》を見合《みあ》わせる。

すると、校門《こうもん》の外《そと》のほうからかすかに悲鳴《ひめい》が聞《き》こえた。

「助《たす》けて、だれか！」

耳《みみ》を澄《す》ませると、たしかにそう言《い》っている。白血球《はっけっきゅう》と赤血球《せっけっきゅう》は、校舎《こうしゃ》を出《で》て声《こえ》のするほうへむかった。

ここに酸素《さんそ》を届《とど》けようとしているのだろう、赤血球《せっけっきゅう》が数名《すうめい》、リュックサックを背負《せお》って走《はし》ってくる。その後《うし》ろから白血病細胞《はっけつびょうさいぼう》の群《む》れが追《お》いかけてきていた。

白血球《はっけっきゅう》が飛《と》びだそうとしたとき、見《み》たことないほど暗《くら》い天《てん》から、さまざまな色《いろ》に輝《かがや》く光《ひかり》の幕《まく》が下《お》りてきた。

人間《にんげん》の世界《せかい》でたとえるなら、北極《ほっきょく》に近《ちか》い場所《ばしょ》で見《み》られるオーロラによく似《に》ている。

初《はじ》めて見《み》るものに、白血球《はっけっきゅう》と赤血球《せっけっきゅう》は立《た》ちすくんだ。

光《ひかり》の幕《まく》の裾《すそ》が地《ち》に届《とど》き、白血病細胞《はっけつびょうさいぼう》の群《む》れにふれたとたん、白血病細胞《はっけつびょうさいぼう》たちが服《ふく》を残《のこ》して消滅《しょうめつ》した。

「何《なに》!? あの光《ひかり》……??」

救世主《きゅうせいしゅ》となるのか……赤血球《せっけっきゅう》の期待《きたい》は一瞬《いっしゅん》で打《う》ち砕《くだ》かれた。

強《つよ》い風《かぜ》をはらんだカーテンのようにゆらぐ光《ひかり》の幕《まく》の裾《すそ》は、逃《に》げる赤血球《せっけっきゅう》たちにもふれ……赤血球《せっけっきゅう》たちも、赤《あか》い帽子《ぼうし》と赤《あか》い制服《せいふく》を残《のこ》し、消滅《しょうめつ》したのだった。

白血球《はっけっきゅう》がとっさに赤血球《せっけっきゅう》をかかえて校舎《こうしゃ》の中《なか》に避難《ひなん》しなかったら、ふたりも消《き》えていただろう。

あの光《ひかり》はミサイルよりもずっとおそろしい、すべてを無《む》に帰《き》すものだったのだ。

どうしてこんな目《め》にあうのか、わけがわからない。

建物《たてもの》の奥《おく》で物陰《ものかげ》に身《み》をひそませ、赤血球《せっけっきゅう》は白血球《はっけっきゅう》に問《と》いただした。

「いったい何《なに》が起《お》こってるんですか……? どうして私《わたし》たちの仲間《なかま》まで……。」

むなしさで涙《なみだ》があふれそうになる。

白血球《はっけっきゅう》が静《しず》かに答《こた》える。

「わからない……。だがこれ以上《いじょう》仲間《なかま》の数《かず》が減《へ》れば……もうこの体《せかい》を守《まも》ることはできない……。」

赤血球《せっけっきゅう》は言葉《ことば》を失《うしな》った。

「赤血球《せっけっきゅう》……。」

と、白血球《はっけっきゅう》が赤血球《せっけっきゅう》の目《め》をのぞきこんだ。

「俺《おれ》たちの故郷《ふるさと》――赤色骨髄《せきしょくこつずい》では……今《いま》もまだ、俺《おれ》たちを生《う》みだしてくれた造血幹細胞《ぞうけつかんさいぼう》たちがはたらいているはずだ。」

赤血球《せっけっきゅう》ははっとした。まだ酸素《さんそ》ボンベはリュックサックに残《のこ》っている。使命《しめい》を果《は》たし終《お》えていない。できる仕事《しごと》がある。

「造血幹細胞《ぞうけつかんさいぼう》たちに……酸素《さんそ》を届《とど》けてあげてくれ……もっと……俺《おれ》たちの仲間《なかま》を生《う》みだしてもらうんだ……。」

「でも、こんな状況《じょうきょう》でたどりつけるかどうか……。」

白血球《はっけっきゅう》も全身《ぜんしん》に傷《きず》を負《お》い、酸素不足《さんそぶそく》で充分回復《じゅうぶんかいふく》できず、話《はな》すのもつらそうだと赤血球《せっけっきゅう》は気《き》づいていた。

それでも白血球《はっけっきゅう》はくじけたようすは見《み》せなかった。

「大丈夫《だいじょうぶ》だ……俺《おれ》がかならずお前《まえ》を守《まも》ってみせる。」

白血球《はっけっきゅう》の言葉《ことば》に、赤血球《せっけっきゅう》は勇気《ゆうき》を奮《ふる》い起《お》こした。

「行《い》くぞ……！」

壊《こわ》れた校舎《こうしゃ》の中《なか》を通《とお》りぬけ、聖堂近《せいどうちか》くの、新《あたら》しい細胞《さいぼう》が生《う》みだされている宮殿《きゅうでん》のような建物《たてもの》へと、瓦礫《がれき》をかきわけて走《はし》る。

6章《しょう》

宮殿《きゅうでん》のような建物《たてもの》の前《まえ》まで、ふたりはやってきた。

「もう少《すこ》しだ。」

「はい……。」

回廊《かいろう》に入《はい》ったとき、とつぜん背後《はいご》に何者《なにもの》かが飛《と》び降《お》りた。

「ねぇ、お腹減《なかへ》っちゃってさ。」

ふりむくと、白血病細胞《はっけつびょうさいぼう》のボスだ。白血球《はっけっきゅう》が赤血球《せっけっきゅう》を背《せ》にかばった。

ボスはへらへらと笑《わら》い、人《ひと》なつっこい口調《くちょう》でねだった。

「その酸素《さんそ》、僕《ぼく》にちょうだいよ。」

赤血球《せっけっきゅう》は断固拒否《だんこきょひ》した。

「ダメです！　絶対《ぜったい》にわたしません！」

ボスの表情《ひょうじょう》が変《か》わった。冷酷《れいこく》な口調《くちょう》になる。

「あ、そう。じゃ、殺《ころ》すね。」

右腕《みぎうで》を巨大《きょだい》な触手《しょくしゅ》に変化《へんか》させ、鞭《むち》のようにふるって、近《ちか》くの柱《はしら》をへし折《お》る。そのままの勢《いきお》いで、槍先《やりさき》のように形《かたち》を変《か》えた触手《しょくしゅ》がふたりにむかってきた。

白血球《はっけっきゅう》が赤血球《せっけっきゅう》を後《うし》ろへと押《お》しのけ、攻撃《こうげき》を素手《すで》で払《はら》い飛《と》ばそうとする。しかし、逸《そ》らしきれずに触手《しょくしゅ》の先端《せんたん》で脇腹《わきばら》を斬《き》り裂《さ》かれ、傷《きず》を負《お》った。

「白血球《はっけっきゅう》さん！」

思《おも》わず近《ちか》よろうとした赤血球《せっけっきゅう》を、白血球《はっけっきゅう》は制《せい》した。

「赤血球《せっけっきゅう》、お前《まえ》は先《さき》を行《い》け。」

「いえ、でも。」

「早《はや》く行《い》け……！　お前《まえ》はお前《まえ》の仕事《しごと》を……！」

真剣《しんけん》そのものの視線《しせん》に射貫《いぬ》かれ、赤血球《せっけっきゅう》はうなずいた。

「……はい。」

後《うし》ろ髪《がみ》を引《ひ》かれる思《おも》いで、胸《むね》が張《は》り裂《さ》けそうになりながら、赤血球《せっけっきゅう》は建物《たてもの》の奥《おく》へと走《はし》った。

赤血球《せっけっきゅう》が安全圏《あんぜんけん》まで走《はし》ったのを確《たし》かめ、白血球《はっけっきゅう》はあらためて白血病細胞《はっけつびょうさいぼう》のボスと対峙《たいじ》した。

「おにいちゃん……。」

まだ甘《あま》えようとするボスに、白血球《はっけっきゅう》は腰《こし》につけた戦闘用《せんとうよう》ナイフを抜《ぬ》いてかまえた。

「悪《わる》いな。俺《おれ》はお前《まえ》を殺《ころ》さなければならない。」

「……ふ〜ん、そうなんだ。やっぱりおにいちゃんも僕《ぼく》のこと、不良品扱《ふりょうひんあつか》いするんだね。」

キラーT細胞《ティーさいぼう》が「バグ野郎《やろう》」と言《い》っていたことだろう。

「じゃ、いいよね、ぶっ殺《ころ》しても！」

槍先《やりさき》のような触手《しょくしゅ》をものすごいスピードで何度《なんど》も突《つ》きだしてくる。白血球《はっけっきゅう》は防戦《ぼうせん》するのがせいいっぱいだ。

ボスは攻撃《こうげき》しつつ、好《す》き放題《ほうだい》しゃべりまくった。

「……どうしてさ？　みんなして僕《ぼく》を不良品扱《ふりょうひんあつか》いしやがって！」

怒《いか》りにまかせた攻撃《こうげき》でコントロールがやや正確《せいかく》さを欠《か》いた、その隙《すき》を見逃《みのが》さず、白血球《はっけっきゅう》は触手《しょくしゅ》を斬《き》り払《はら》う。どうせまた生《は》えてくるのだが……。

だが、ボスはかつて白血球《はっけっきゅう》からもらった戦闘用《せんとうよう》ナイフを体《からだ》のどこからともなく新《あたら》しい触《しょく》手《しゅ》で引《ひ》っぱりだした。

やあーっ、と声《こえ》をあげて、骨髄芽球《こつずいがきゅう》だったころの訓練《くんれん》のように斬《き》りかかってくる。あのころも攻撃《こうげき》センスがあったのだが、体《からだ》が大《おお》きくなった今《いま》では、恐《おそ》ろしいほどの強《つよ》さだった。

応戦《おうせん》した白血球《はっけっきゅう》との激《はげ》しい剣戟《けんげき》がくり広《ひろ》げられた。

次《つぎ》から次《つぎ》へと攻撃《こうげき》の手《て》をくりだす合間《あいま》にも、ボスはしゃべり続《つづ》ける。

「何《なん》で、排除《はいじょ》されなきゃ、ならないんだよっ。」

ボスが振《ふ》り降《お》ろしたナイフの切《き》っ先《さき》が、白血球《はっけっきゅう》の頬《ほお》をかすめた。

一歩《ぽ》しりぞいた白血球《はっけっきゅう》との間合《まあ》いに深《ふか》く踏《ふ》みいり、白血球《はっけっきゅう》の脇腹《わきばら》を斬《き》りさくと、ボスが新《あら》たな腕《うで》を瞬時《しゅんじ》に生《は》やして傷口《きずぐち》に指《ゆび》を入《い》れ、えぐるようにつかむ。

「ううっ。」

「何《なに》も悪《わる》いことなんて、してないのに！」

あらがえないほどの力《ちから》でボスは白血球《はっけっきゅう》を壁《かべ》へと押《お》しつけた。

「ただ……生《う》まれてきただけなのに！」

白血球《はっけっきゅう》の首《くび》をつかみなおし、のどをしめながら、ボスが腕《うで》をのばす。足《あし》が床《ゆか》につかないように。蹴《け》られないよう、ひざもう片腕《かたうで》で押《お》さえこむ。

「う……っ。」

「カッコいい白血球《はっけっきゅう》になりたかったのに！」

さらにのどをしめあげ、ボスは一瞬《いっしゅん》の隙《すき》をついて触手《しょくしゅ》でにぎっているナイフを白血球《はっけっきゅう》の腹《はら》に深《ふか》く刺《さ》した。激痛《げきつう》と衝撃《しょうげき》が白血球《はっけっきゅう》の全身《ぜんしん》をしびれさせる。

「どう？　おにいちゃん？　みにくいできそこないの僕《ぼく》に殺《ころ》される気分《きぶん》は？」

「……う……。」

「くやしい？　くやしいよね？　ねえ、言《い》ってよ。僕《ぼく》のほうが強《つよ》いって言《い》ってよ！」

意識《いしき》が遠《とお》のきかけるのをこらえ、白血球《はっけっきゅう》はボスの左肩《ひだりかた》を片手《かたて》でつかんだ。

しかし、何《なに》かを答《こた》える前《まえ》に、抵抗《ていこう》に腹《はら》を立《た》てたボスがさらにのどをしめて、とうとう白《はっ》血球《けっきゅう》の意識《いしき》が消失《しょうしつ》した。

白血病細胞《はっけつびょうさいぼう》のボスは、白血球《はっけっきゅう》が動《うご》かなくなると、ナイフをぬき、しめあげていた手《て》を離《はな》した。

どすん、と音《おと》を立《た》てて完全《かんぜん》に力《ちから》を失《うしな》った白血球《はっけっきゅう》の体《からだ》が床《ゆか》にたたきつけられる。

「もう終《お》わりかよ。つまんね。」

ボスは逃《に》げた獲物《えもの》を追《お》う。

☆　☆　☆

放射線治療《ほうしゃせんちりょう》の最初《さいしょ》のサイクルが終了《しゅうりょう》し、茂《しげる》はまた診察室《しんさつしつ》で七條医師《しちじょういし》から日胡《にこ》の病状《びょうじょう》の説明《せつめい》を受《う》けた。

「今《いま》は骨髄《こつずい》の中《なか》の細胞《さいぼう》がほぼない状態《じょうたい》で、予断《よだん》をゆるさない状況《じょうきょう》です。」

体内《たいない》に細菌《さいきん》やウイルスが侵入《しんにゅう》しても、戦《たたか》ってくれる免疫細胞《めんえきさいぼう》たちがいない。

なので、日胡《にこ》は無菌室《むきんしつ》に寝《ね》かされ、茂《しげる》や新《あらた》は入《はい》ることができない。人間《にんげん》の体《からだ》の中《なか》にも表《ひょう》面《めん》にも、攻撃《こうげき》のチャンスを狙《ねら》った細菌《さいきん》やウイルスがとりついているからだ。

「先生《せんせい》、私《わたし》に何《なに》かできることはありませんか？」

すがる思《おも》いでたずねた茂《しげる》に、七條医師《しちじょういし》は真顔《まがお》で答《こた》えた。

「移植《いしょく》まで、日胡《にこ》ちゃんの体《からだ》が保《も》つよう、そばにいてあげてください。」

そばといっても、廊下《ろうか》から窓越《まどご》しの面会《めんかい》だ。声《こえ》も届《とど》かない。

その日《ひ》の夜《よる》。

日胡《にこ》がふと目《め》を覚《さ》ますと、ちょうどベッドから見《み》える廊下《ろうか》の窓《まど》が水族館《すいぞくかん》の水槽《すいそう》になっていた。茂《しげる》と新《あらた》が、せっせと紙《かみ》で作《つく》った魚《さかな》や海藻《かいそう》、岩《いわ》をガラスに貼《は》りつけているのだ。

魚《さかな》を貼《は》ろうとした茂《しげる》が日胡《にこ》の視線《しせん》に気《き》づき、顔《かお》を輝《かがや》かせて新《あらた》をつついた。

新《あらた》と目《め》が合《あ》い、笑《え》みをもらえる。

体《からだ》がだるくて気持《きも》ち悪《わる》くて苦《くる》しいけれど、それをちょっと忘《わす》れるくらい日胡《にこ》はうれしかった。

水族館《すいぞくかん》が好《す》き、と言《い》ったのを新《あら》たがおぼえていてくれたことに、胸《むね》が熱《あつ》くなる。

横《よこ》に置《お》いた机《つくえ》から、茂《しげる》がスケッチブックを手《て》にとった。一枚《まい》めくって、ガラスに押《お》しつける。文字《もじ》がサインペンで書《か》かれていた。

『パパが好《す》きだったもの』

大丈夫《だいじょうぶ》か、とか気分《きぶん》はどうだ、とか書《か》かれていると思《おも》ったので、何《なに》を伝《つた》えたいの？　と日胡《にこ》が首《くび》をかしげると、茂《しげる》はページをめくって、またガラスに押《お》しつけた。

今度《こんど》は下手《へた》くそな絵《え》が描《か》いてある。茂《しげる》のジェスチャーも加《くわ》わり、何《なに》を表《あらわ》したのかは充分《じゅうぶん》伝《つた》わった。

一枚《まい》ごとに、ビールびんと徳利《とっくり》と杯《さかずき》で『飲酒《いんしゅ》』、火《ひ》のついたタバコで『喫煙《きつえん》』、カップラーメンで『ジャンクフード』。

日胡《にこ》は苦笑《にがわら》いした。

茂《しげる》が次《つぎ》の紙《かみ》を見《み》せた。

『でも、昔《むかし》からいちばん好《す》きなのは』

え、何《なん》だろう、と日胡《にこ》は不思議《ふしぎ》に思《おも》った。

次《つぎ》の紙《かみ》……。

『日胡《にこ》の笑顔《えがお》』

茂《しげる》も笑顔《えがお》で、さっと次《つぎ》の紙《かみ》へ進《すす》む。

『日胡《にこ》のニコニコな笑顔《えがお》が世界《せかい》でいちばん好《す》き』

笑顔《えがお》の日胡《にこ》らしい絵《え》が描《か》かれている。

それが、九歳《さい》だった日胡《にこ》が茂《しげる》のために手紙《てがみ》に描《か》いた自画像《じがぞう》を真似《まね》たものだと気《き》がつき、日胡《にこ》は感激《かんげき》した。あの手紙《てがみ》を茂《しげる》が大事《だいじ》にしていた、と。

茂《しげる》がさらに紙《かみ》をめくる。

『彼《かれ》もそう言《い》ってる』

新《あらた》を指《ゆび》さす。新《あらた》も笑顔《えがお》で大《おお》きくうなずいた。

最後《さいご》の一枚《まい》。

『あと少《すこ》し！　ガンバレ日胡《にこ》！』

スケッチブックを机《つくえ》に置《お》き、ふたりが応援団《おうえんだん》のエールのふりつけを真似《まね》る。フレー、フレー、日胡《にこ》、と口《くち》を大《おお》きく動《うご》かしながら。

「ありがとう……ありがとう……。」

日胡《にこ》の胸《むね》が熱《あつ》くなりすぎて、目《め》から涙《なみだ》があふれた。

窓《まど》のむこうでふたりは、日胡《にこ》を笑《わら》わそうと、紙《かみ》のくらげを泳《およ》がせたり、魚《さかな》の口先《くちさき》でつつきあったり、くらげの足《あし》にふれてしびれた演技《えんぎ》をしたりと、おどけてみせた。

はげまそうとするふたりの気持《きも》ちがうれしくて、日胡《にこ》は泣《な》き笑《わら》いした。強《つよ》い思《おも》いがこみあげてくる。

生《い》きたい……元気《げんき》になりたい。

日胡《にこ》はがんばって笑《え》みを作《つく》り、ふたりに見《み》せた。

☆

☆

☆

日胡《にこ》が笑《え》みを作《つく》ったとき、骨髄学園《こつずいがくえん》へ天《てん》から一筋《ひとすじ》の光《ひかり》が射《さ》した。

光《ひかり》は壊《こわ》れた建物《たてもの》へ入《はい》りこみ、倒《たお》れている白血球《はっけっきゅう》の全身《ぜんしん》を照《て》らす。

まばゆい光《ひかり》を浴《あ》びて彼《かれ》の指先《ゆびさき》が、ぴくり、と動《うご》いた。

赤血球《せっけっきゅう》は宮殿《きゅうでん》のような荘厳《そうごん》な建物《たてもの》の最奥《さいおう》、新《あたら》しい細胞《さいぼう》たちが生《う》みだされる場所《ばしょ》にたどりついた。

しかし、聖《せい》なる場所《ばしょ》にも絶望的《ぜつぼうてき》な光景《こうけい》があるだけだった。

造血幹細胞《ぞうけつかんさいぼう》たちも、骨髄学園《こつずいがくえん》の校長先生《こうちょうせんせい》も、みんなすでに息絶《いきた》えてここに横《よこ》たわっていた。眠《ねむ》るような表情《ひょうじょう》だったのが、せめてもの救《すく》いだ。

「……そんなっ!!」

目《め》の前《まえ》が真《ま》っ白《しろ》になり、赤血球《せっけっきゅう》はひざからくずおれそうになった。

「ここに酸素《さんそ》を届《とど》けて、仲間増《なかまふ》やそうって？」

ふいに後《うし》ろからささやいたのは、白血病細胞《はっけつびょうさいぼう》のボスだった。

赤血球《せっけっきゅう》はすくみあがった。酸素《さんそ》ボンベをかかえたまま、必死《ひっし》にのがれて数歩下《すうほさ》がる。

ボスは冷《つめ》たく意地《いじ》の悪《わる》い笑《え》みを浮《う》かべた。

「残念《ざんねん》、ムダだよ？」

「えっ……。」

「もう、お前《まえ》を助《たす》けに来《く》るヤツはいないよ？」

白血球《はっけっきゅう》が使《つか》っていたのと同《おな》じ戦闘用《せんとうよう》ナイフを、ボスが見《み》せびらかす。

赤血球《せっけっきゅう》はそれが彼《かれ》のナイフだと思《おも》い、完全《かんぜん》に望《のぞ》みが絶《た》たれたことをさとった。

なぜこんなことになったのか……状況《じょうきょう》が受《う》け入《い》れられず、赤血球《せっけっきゅう》はむなしさと悲《かな》しみからあふれてくる言葉《ことば》を口《くち》にした。

「……私《わたし》たちは同《おな》じ体《せかい》で生《う》まれた『仲間《なかま》』ですよね……？　どうして争《あらそ》いあわなきゃいけないんですか……？」

ボスは怒《いか》りを露《あらわ》にした。

「『仲間《なかま》』じゃない！　そう、先《さき》に排除《はいじょ》したのはお前《まえ》らのほうだ。」

わかりあえそうにない……と赤血球《せっけっきゅう》は失望《しつぼう》した。ボスが言《い》い放《はな》った。

「だからさ、この体《せかい》を変《か》えてやるんだよ。」

赤血球《せっけっきゅう》につかみかかると、首《くび》をしめる。

「だれにも切《き》り捨《す》てられることなく、僕《ぼく》らが自由《じゆう》に生《い》きられる楽《たの》しい体《せかい》に。」

そのために、こんなにも多《おお》くの犠牲《ぎせい》が必要《ひつよう》なの!?　……悲《かな》しくて、くやしくて、苦《くる》しくて赤血球《せっけっきゅう》はもがいた。

「……させ、ない……そんなこと……絶対《ぜったい》に……!!」

「ホントおもしろいね。たかが赤血球《せっけっきゅう》の分際《ぶんざい》で。」

片手《かたて》で押《お》さえつけた赤血球《せっけっきゅう》を冷酷《れいこく》な目《め》つきでにらみつけ、ボスはもう片方《かたほう》の手《て》で戦闘用《せんとうよう》ナイフをふりかざした。

「死《し》ねよっ、雑魚《ざこ》がっ！」

赤血球《せっけっきゅう》が覚悟《かくご》した刹那《せつな》——相手《あいて》のうめき声《ごえ》とともに、押《お》さえつけられていた力《ちから》がゆるんだ。目《め》を開《あ》けると——。

そこにはボスの背《せ》に自分《じぶん》のナイフを突《つ》き立《た》てる白血球《はっけっきゅう》がいた。

生《い》きていた。

と、赤血球《せっけっきゅう》がほっとした次《つぎ》の瞬間《しゅんかん》、ボスが体勢《たいせい》を立《た》てなおして白血球《はっけっきゅう》を投《な》げ飛《と》ばした。

白血球《はっけっきゅう》は壁《かべ》にたたきつけられてぐったりする。

「白血球《はっけっきゅう》さん！」

白血球《はっけっきゅう》は腹部《ふくぶ》に致命傷《ちめいしょう》を負《お》っていた。傷《きず》だけ見《み》るなら、機敏《きびん》に動《うご》けているのが不思議《ふしぎ》なほどだ。しかし彼《かれ》の左目《ひだりめ》に宿《やど》る光《ひかり》はまだ強《つよ》かった。

壁《かべ》にもたれながらも、白血球《はっけっきゅう》はボスに告《つ》げる。

「勉強不足《べんきょうぶそく》だったな。俺《おれ》は血管《けっかん》の壁《かべ》をすりぬけて、敵《てき》のところへ行《い》くことができる。」

ボスが何《なん》とも言《い》えない複雑《ふくざつ》な表情《ひょうじょう》を浮《う》かべた。

「クッソ……何《なん》で……何《なん》でだよ……僕《ぼく》だって……この身体《からだ》の一員《いちいん》として……みんなと一緒《いっしょ》にはたらきたかったのに……。」

白血球《はっけっきゅう》は静《しず》かに応《こた》えた。

「俺《おれ》にはお前《まえ》を救《すく》うことはできない。治《なお》してやることも、生《い》かしておくこともできない……。」

ゆっくりと立《た》ちあがり、白血球《はっけっきゅう》はボスに歩《あゆ》みよった。背《せ》を刺《さ》されたときにボスが取《と》り落《お》とした戦闘用《せんとうよう》ナイフを拾《ひろ》い、かまえる。

「……お前《まえ》をぶっ殺《ころ》す。それが俺《おれ》の仕事《しごと》だ。」

赤血球《せっけっきゅう》は白血球《はっけっきゅう》の高潔《こうけつ》さと責任感《せきにんかん》に心《こころ》を打《う》たれ、立《た》ちつくしていた。

ボスは観念《かんねん》したように小《ちい》さく笑《わら》った。

「やっぱさ……強《つよ》いね……おにいちゃんは。」

「すまない……。」

ナイフを片手《かたて》で腰《こし》の高《たか》さにかまえたまま、白血球《はっけっきゅう》は逃《に》げようとしないボスを抱《だ》きしめた
——ナイフがボスの体《からだ》を貫《つらぬ》く。

ナイフの刃《は》をひねって斬《き》りあげるとボスは絶命《ぜつめい》し、脱力《だつりょく》した全身《ぜんしん》が白血球《はっけっきゅう》にもたれかかる。

白血球《はっけっきゅう》の耳《みみ》の奥《おく》には、骨髄芽球《こつずいがきゅう》だったころのボスの言葉《ことば》がこだましていた。

——『大《おお》きくなったら、絶対《ぜったい》おにいちゃんみたいな強《つよ》い白血球《はっけっきゅう》になる！』

瞳《ひとみ》をきらきらさせていた、あのときの少年《しょうねん》の姿《すがた》を思《おも》い浮《う》かべながら、白血球《はっけっきゅう》もまたその場《ば》にくずおれた。

赤血球《せっけっきゅう》は白血球《はっけっきゅう》に肩《かた》を貸《か》し、ボスの体《からだ》から引《ひ》き離《はな》した。

しかし致命傷《ちめいしょう》を負《お》っていた白血球《はっけっきゅう》はやはり、瀕死《ひんし》の状態《じょうたい》だった。どうしてあげることも

できない。

白血球《はっけっきゅう》を支《ささ》えたまま、壁際《かべぎわ》の瓦礫《がれき》にもたれてよりそうしかない。

どこか遠《とお》くから、アナウンスが聞《き》こえてくる。

「この体《からだ》は壊滅状態《かいめつじょうたい》にあります。細胞《さいぼう》のみなさまは生命《せいめい》を守《まも》る行動《こうどう》を取《と》ってください。」

「どうなってしまうんでしょう……。」

と、赤血球《せっけっきゅう》は彼《かれ》の意識《いしき》を保《も》たせるために白血球《はっけっきゅう》に話《はな》しかけた。白血球《はっけっきゅう》は苦痛《くつう》でうめくばかりだ。

「大丈夫《だいじょうぶ》ですか？　酸素《さんそ》がまだあります、これを。」

持《も》っていた酸素《さんそ》ボンベに吸入《きゅうにゅう》パーツをつけ、赤血球《せっけっきゅう》は白血球《はっけっきゅう》に吸《す》わせようとした。

しかし、白血球《はっけっきゅう》はそれを手《て》で止《と》めた。

「……俺《おれ》は……いい……。」

どうして!?　と酸素《さんそ》を強引《ごういん》に与《あた》えようとする赤血球《せっけっきゅう》に、薄目《うすめ》を開《あ》けた白血球《はっけっきゅう》が伝《つた》えた。

「……ほかにもっと……酸素《さんそ》を必要《ひつよう》としている細胞《さいぼう》たちが……いる……。」

「でも。」と言《い》い募《つの》りかけた赤血球《せっけっきゅう》をさえぎり、白血球《はっけっきゅう》が告《つ》げた。

「この身体《からだ》を守《まも》り続《つづ》けるには……お前《まえ》ら、赤血球《せっけっきゅう》の力《ちから》が必要《ひつよう》だ。」

赤血球《せっけっきゅう》ははっとした。

「何《なに》があっても……酸素《さんそ》を……届《とど》けてやってくれ……。」

ふるえる右手《みぎて》の小指《こゆび》を、残《のこ》るわずかな力《ちから》を振《ふ》りしぼり、白血球《はっけっきゅう》がさしだす。

「約束《やくそく》だ……。」

その仕草《しぐさ》は、まさに赤血球《せっけっきゅう》が幼《おさな》い赤芽球《せきがきゅう》だったときに、彼女《かのじょ》を助《たす》けようとがんばった骨《こつ》髄球《ずいきゅう》の男《おとこ》の子《こ》がしてくれたものだった。

「白血球《はっけっきゅう》さん……あのときの……!」

「赤血球《せっけっきゅう》……立派《りっぱ》になったな……。」

まぶたを半分《はんぶん》こじ開《あ》け、赤血球《せっけっきゅう》とまなざしをかわすと、白血球《はっけっきゅう》は表情《ひょうじょう》をかすかにゆるませた。

赤血球《せっけっきゅう》の瞳《ひとみ》から涙《なみだ》があふれた。

「頼《たの》んだぞ……赤血球《せっけっきゅう》……。」

白血球《はっけっきゅう》の左目《ひだりめ》が閉《と》じ、右手《みぎて》から力《ちから》がなくなって、ぱたり、と落《お》ちる。

赤血球《せっけっきゅう》はいそいで彼《かれ》の右手《みぎて》を取《と》り、小指《こゆび》と小指《こゆび》をからませた。

「約束《やくそく》します……。だから、お願《ねが》い、死《し》なないでください……お願《ねが》いします……。」

けれど、願《ねが》いもむなしく、白血球《はっけっきゅう》からの反応《はんのう》はなかった。

「白血球《はっけっきゅう》さん!? 白血球《はっけっきゅう》さん……っ!!」

白《しろ》い戦闘服《せんとうふく》はぼろぼろで、汚《よご》れて元《もと》の色《いろ》もよくわからない。全身《ぜんしん》が傷《きず》だらけだ。最期《さいご》まで使命《しめい》を全《まっと》うした誇《ほこ》り高《たか》き戦士《せんし》だった。

「白血球《はっけっきゅう》さん……。」

もうどんなに願《ねが》っても呼《よ》びかけても、彼《かれ》は動《うご》かない、語《かた》らない……さとった赤血球《せっけっきゅう》は心《こころ》からの感謝《かんしゃ》をこめて、彼《かれ》の頬《ほお》をなでた。

「……ありがとうございました……。」

涙《なみだ》をぬぐい、白血球《はっけっきゅう》に敬礼《けいれい》する。

約束《やくそく》を果《は》たすため、赤血球《せっけっきゅう》はありったけの酸素《さんそ》ボンベをかかえて立《た》ちあがり、走《はし》りだした。骨髄学園《こつずいがくえん》の外《そと》、まだ生《い》きている細胞《さいぼう》がいる場所《ばしょ》を求《もと》めて。

砂漠《さばく》と化《か》した敷地《しきち》に、やはり生《い》きている細胞《さいぼう》の姿《すがた》はなかった。

マクロファージ先生《せんせい》も……メガネの新米赤血球《しんまいせっけっきゅう》も……。

天《てん》からふたたび怪《あや》しく色《いろ》を変《か》える光《ひかり》の幕《まく》が下《お》りてくる。トンネルをめざし、赤血球《せっけっきゅう》はふたたび走《はし》った。

トンネルの先《さき》、破壊《はかい》されつくした街《まち》に入《はい》った赤血球《せっけっきゅう》は、まだ生《い》きている細胞《さいぼう》をさがし、路地裏《ろじうら》へとむかった。

建物《たてもの》のドアから体《からだ》を半分出《はんぶんだ》して倒《たお》れ、瀕死状態《ひんしじょうたい》で苦《くる》しむ細胞《さいぼう》を数名見《すうめいみ》つけ、酸素《さんそ》をさしだす。

「酸素《さんそ》です。元気《げんき》を出《だ》してください。」

「ありがとう……。」

「さ、酸素《さんそ》を……くれ……。」

「酸素《さんそ》です！」

赤血球《せっけっきゅう》は次《つぎ》の細胞《さいぼう》をさがし、走《はし》り続《つづ》ける。

「これより骨髄移植《こつずいいしょく》を始《はじ》めます。」

日胡《にこ》が入院《にゅういん》している無菌室《むきんしつ》で七條医師《しちじょういし》が宣言《せんげん》した。骨髄移植《こつずいいしょく》は輸血《ゆけつ》と同《おな》じように点滴《てんてき》で、骨髄液《こつずいえき》という造血幹細胞《ぞうけつかんさいぼう》がたくさん入《はい》った液体《えきたい》を体《からだ》に送《おく》りこむ。

無菌室《むきんしつ》の外《そと》の廊下《ろうか》で、茂《しげる》と新《あらた》はそのようすを窓越《まどご》しに見守《みまも》っていた。治療《ちりょう》の成功《せいこう》を心《こころ》から祈《いの》りながら。

☆　☆　☆

赤色骨髄《せきしょくこつずい》を守《まも》るようにそびえたつ山脈《さんみゃく》。その中腹《ちゅうふく》に天使《てんし》が降《お》り立《た》った。

幼《おさな》い女《おんな》の子《こ》の姿《すがた》をしたその天使《てんし》は、やがて成長《せいちょう》して骨髄学園《こつずいがくえん》の校長先生《こうちょうせんせい》——赤色骨髄《せきしょくこつずい》の主《ぬし》となり、血球《けっきゅう》の細胞《さいぼう》たちを生《う》みだす存在《そんざい》だ。

荒廃《こうはい》した骨髄学園《こつずいがくえん》の建物《たてもの》をめざし、天使《てんし》は軽《かろ》やかに山肌《やまはだ》を下《くだ》ってゆく。

砂漠《さばく》と化《か》した花畑《はなばたけ》に彼女《かのじょ》が踏《ふ》みいると、その足跡《あしあと》から緑《みどり》が芽吹《めぶ》き、すくすくと伸《の》びて花《はな》が開《ひら》いた。花《はな》はたちまち周囲《しゅうい》に広《ひろ》がってゆく。

天使《てんし》が歩《あゆ》む道《みち》の周囲《しゅうい》には、見《み》わたすかぎり、数《かぞ》え切《き》れないほどの「使命《しめい》に殉《じゅん》じた細胞《さいぼう》」の痕跡《こんせき》が砂《すな》に半分《はんぶん》うずもれていた。

キラーT細胞《ティーさいぼう》の黒《くろ》い帽子《ぼうし》と黒《くろ》い戦闘服《せんとうふく》、マクロファージの白《しろ》いエプロンドレスと武器《ぶき》、白血球《はっけっきゅう》の白《しろ》い帽子《ぼうし》と白《しろ》い戦闘服《せんとうふく》とナイフ、そして赤血球《せっけっきゅう》の赤《あか》い帽子《ぼうし》と赤《あか》いジャンパー……細胞《さいぼう》たちの姿《すがた》はすべて光《ひかり》の幕《まく》で消《け》し去《さ》られ、ただぼろぼろの服《ふく》と靴《くつ》と帽子《ぼうし》と持《も》ち物《もの》だけが痕跡《こんせき》を留《とど》めている。

骨髄学園《こつずいがくえん》の建物《たてもの》にずいぶん近《ちか》づいたとき、天使《てんし》はふと、気《き》まぐれに足《あし》もとにあった赤《あか》い帽子《ぼうし》を拾《ひろ》いあげてみた。

やさしく砂《すな》を払《はら》うと、番号《ばんごう》を記《しる》したバッジが見《み》えた。

「ＡＥ３８０３《エーイー》」

それがだれのもので、どんな細胞《さいぼう》だったのか、天使《てんし》は知《し》らない。帽子《ぼうし》をそっとなでるとその場《ば》に置《お》き、天使《てんし》は本能《ほんのう》のままに、塔《とう》がそびえる宮殿《きゅうでん》、その奥《おく》に建《た》つ聖堂《せいどう》のような建物《たてもの》の外郭《がいかく》にある城門《じょうもん》をめざしてひたすらに走《はし》りだす。

残《のこ》された赤《あか》い帽子《ぼうし》と、そのそばの赤《あか》いジャンパー、一本《ぽん》だけ残《のこ》された酸素《さんそ》ボンベを一気《いっき》に成長《せいちょう》した緑《みどり》の植物《しょくぶつ》が包《つつ》み、いっせいに美《うつく》しい花《はな》が開《ひら》く。

☆　　☆　　☆

骨髄移植《こつずいいしょく》から三週間後《しゅうかんご》。

日胡《にこ》の病室《びょうしつ》に、七條医師《しちじょういし》の立《た》ち合《あ》いのもとで茂《しげる》と新《あらた》が入《はい》ることができた。治療《ちりょう》が成功《せいこう》したのだ。

茂《しげる》はうれしくて泣《な》き笑《わら》いしながら、ベッドで上体《じょうたい》を起《お》こした日胡《にこ》に話《はな》しかけた。

「おめでとう！　新《あたら》しい造血幹細胞《ぞうけつかんさいぼう》がぶじに生着《せいちゃく》して、ちゃんと正常《せいじょう》な血液細胞《けつえきさいぼう》を作《つく》ることができてるってよ。ね、先生《せんせい》。」

ベッドサイドで七條医師《しちじょういし》がうなずく。

「そのとおりです。」

日胡《にこ》は七條医師《しちじょういし》にお礼《れい》を言《い》った。

「先生《せんせい》、ありがとうございました。」

「いやいや、ここまでがんばれたのは日胡《にこ》ちゃん自身《じしん》の力《ちから》だよ。」

どういう意味《いみ》か、視線《しせん》で問《と》い返《かえ》す日胡《にこ》に医師《いし》が説明《せつめい》する。

「日胡《にこ》ちゃんが持《も》っている細胞《さいぼう》たちの力《ちから》がなかったら、移植前《いしょくまえ》に体《からだ》がダメになっていた。お礼《れい》を言《い》うなら、がんばった体《からだ》に言《い》ってあげて。」

言《い》われたとおり、日胡《にこ》は自分《じぶん》の胸《むね》にやさしく手《て》を当《あ》ててお礼《れい》を伝《つた》えた。

「……ありがとう……。」

☆　☆　☆

日胡《にこ》の体《からだ》の中《なか》、よみがえった赤色骨髄《せきしょくこつずい》――骨髄学園《こつずいがくえん》では、また骨髄芽球《こつずいがきゅう》たちや赤芽球《せきがきゅう》たちが、立派《りっぱ》なはたらく細胞《さいぼう》になれるよう、元気《げんき》に学《まな》んでいる。

人間《にんげん》でたとえるなら幼児《ようじ》の姿《すがた》をした赤芽球《せきがきゅう》――女《おんな》の子《こ》で、ポンポンのついた赤《あか》い帽子《ぼうし》のバッジには「RB《アールビー》2525」と番号《ばんごう》がある――が、保育園《ほいくえん》でかくれんぼをして遊《あそ》んでいる最中《さいちゅう》、部屋《へや》の片隅《かたすみ》で古《ふる》びた箱《はこ》を見《み》つけた。

酸素《さんそ》ボンベのつまった箱《はこ》に見立《みた》てられて、小《ちい》さなおもちゃのカートで運《はこ》ばれるものなのだが……ずれていたふたを開《あ》けると、この箱《はこ》には何《なに》も入《はい》っていないはずなのに、ぼろぼろの紙《かみ》が一枚《まい》、あった。

不思議《ふしぎ》に思《おも》って取《と》りだし、広《ひろ》げる。

書《か》きこみだらけの地図《ちず》だ。持《も》ち主《ぬし》の記名《きめい》がある。

「AE《エーイー》3803」

裏返《うらがえ》すと、幼《おさな》い子《こ》にも読《よ》めるようにやさしい言葉《ことば》と文字《もじ》で、手紙《てがみ》がつづられていた。

『はいけい
まだ小《ちい》さくてかわいい赤芽球《せきがきゅう》さんたちへ

わたしはいぜん、この体《からだ》ではたらいていた赤血球《せっけっきゅう》です。

わたしはほんとうにどんくさくて、すぐ道《みち》にまようし、細菌《さいきん》やウイルスをたおすことができる白血球《はっけっきゅう》さんたちとはちがって、ただ酸素《さんそ》をはこぶしかできないって、なやんでいました。』

この手紙《てがみ》は……光《ひかり》の幕《まく》によってどんどん細胞《さいぼう》が消《き》え、とうとう動《うご》いているはたらく細胞《さいぼう》が自分《じぶん》だけになって、いよいよ最期《さいご》を覚悟《かくご》した「ＡＥ３８０３《エーイー》」の赤血球《せっけっきゅう》が、この場所《ばしょ》にもどってきて書《か》き残《のこ》したものだった。

『でも今《いま》は、この体《からだ》をまもっているたいせつな一員《いちいん》なんだと思《おも》えるようになりました。だれがえらいとか、だれが強《つよ》いとかではなく、わたしたちはだれもひとりでは生《い》きていけないから、おたがいにささえあって、たりない部分《ぶぶん》をおぎないあっている。そうやって、みんなでこの体《からだ》をまもっています。

わたしはそんな仲間《なかま》たちとはたらくことがだいすきでした。

体内《たいない》ではたらく細胞《さいぼう》は約《やく》三十七兆個《ちょうこ》。そのほとんどが、外敵《がいてき》や寿命《じゅみょう》によっていずれ死《し》をむかえ、新《あたら》しく生《う》まれてくる細胞《さいぼう》たちへと仕事《しごと》をひきついでいきます。

わたしたちははたらく細胞《さいぼう》です。

わたしの仕事《しごと》は、あなたたちにひきつぎます。

この体《からだ》をまもるために、酸素《さんそ》をはこびつづけてください。

せんぱい赤血球《せっけっきゅう》より』

書《か》き終《お》えた赤血球《せっけっきゅう》は手紙《てがみ》を箱《はこ》に隠《かく》すと、まだ一本残《ぽんのこ》っている酸素《さんそ》ボンベを手《て》にして立《た》ちあがった。届《とど》けるべき細胞《さいぼう》をさがしに、骨髄学園《こつずいがくえん》の建物《たてもの》の外《そと》へ……それが彼《かれ》との約束《やくそく》であり、自分《じぶん》の使命《しめい》だから。

幼《おさな》い赤芽球《せきがきゅう》に、この手紙《てがみ》が伝《つた》えたいことは残念《ざんねん》ながらまだよくわからなかった。読《よ》み終《お》え、首《くび》をかしげたとき、マクロファージ先生《せんせい》の呼《よ》ぶ声《こえ》が聞《き》こえた。

「じゃあみなさん、行《い》きますよー。」

仲間《なかま》も呼《よ》ぶ。

「何《なに》してるの？　次《つぎ》の授業《じゅぎょう》、始《はじ》まるよー。」

「はーい！」

赤芽球《せきがきゅう》は地図《ちず》の裏《うら》に書《か》かれた手紙《てがみ》をたたみ、もとの位置《いち》にもどすと、箱《はこ》のふたを閉《し》めた。

☆　☆　☆

年月《ねんげつ》が流《なが》れ、春《はる》。

元気《げんき》になった日胡《にこ》はぶじ、大学《だいがく》の医学部《いがくぶ》に合格《ごうかく》した。今日《きょう》は入学式《にゅうがくしき》だ。

きれいにメイクをして真新《まあたら》しいスーツを身《み》にまとった日胡《にこ》が、朝《あさ》、団地《だんち》の一階《かい》にある自宅《じたく》から出《で》てくる。入学式《にゅうがくしき》の会場《かいじょう》まで、新《あらた》が自分《じぶん》の車《くるま》で送《おく》ってくれるというのだ。

「パパー？　早《はや》く！　遅《おく》れる！」

新《あらた》が待《ま》っている道路《どうろ》まで、階段《かいだん》を駆《か》けあがりながら呼《よ》ぶ。

「おう。ネクタイ迷《まよ》ってな。」

と言《い》いながら、茂《しげる》も一張羅《いっちょうら》のスーツを着《き》て家《いえ》を出《で》てきた。日胡《にこ》はあきれた。

「パパの入学式《にゅうがくしき》じゃないんだからね。」

「医学部《いがくぶ》の入学式《にゅうがくしき》だぞ？　なめられちゃダメだからな。ビシッとしねぇと、ビシッと。」

「はいはい。」

道路《どうろ》に着《つ》くと、新《あらた》が止《と》めていた車《くるま》の運転席《うんてんせき》から降《お》りてきた。

「そろそろ行《い》かないと、ホント間《ま》に合《あ》いませんよ。」

と言《い》って、新《あらた》が茂《しげる》にきく。

「お父《とう》さん？　ネクタイ地味《じみ》じゃないですか？」

「そうか？　替《か》えてくるか。」

引《ひ》き返《かえ》そうとする茂《しげる》を、日胡《にこ》はあわててつかまえた。

「いいから！」

よけいなこと言《い》わないでよ、と新《あらた》にも釘《くぎ》を刺《さ》す。「ごめん……。」と新《あらた》が謝《あやま》った。

……とそのとき、日胡《にこ》の鼻《はな》の奥《おく》がむずむずし、大《おお》きなくしゃみが出《で》た。

「ん？　風邪《かぜ》か？」

と心配《しんぱい》する茂《しげる》に、日胡《にこ》は目《め》が猛烈《もうれつ》にかゆくなるのを感《かん》じながら答《こた》えた。

「いや、これは……。」

☆　☆　☆

日胡《にこ》の体内《たいない》はすっかりもとどおりになっていた。

きれいでおしゃれな街並《まちな》みを、血小板《けっしょうばん》たちが大《おお》きな箱《はこ》をみんなで支《ささ》えながら運《はこ》んでいる。

「うんしょ、うんしょ、うんしょ。」

あとからついてきていた血小板《けっしょうばん》が数名《すうめい》……ひとりが持《も》つバスケットからパーツ——凝固《ぎょうこ》因子《いんし》が一つ、転《ころ》がり落《お》ちた。

ころころと街《まち》の通路《つうろ》の石畳《いしだたみ》を転《ころ》がったパーツを、若《わか》い女性《じょせい》の姿《すがた》をした赤血球《せっけっきゅう》が拾《ひろ》いあげる。

「はい、落《お》としたよ。」

「おねえちゃん、ありがと！」

パーツをバスケットへ入《い》れてあげたこの赤血球《せっけっきゅう》の帽子《ぼうし》には番号《ばんごう》の書《か》かれたバッジがついている。

「RB《アールビー》2525」

彼女《かのじょ》は黒髪《くろかみ》ショートで、前髪《まえがみ》に一本《ぽん》、くるんと飛《と》びだしたくせっ毛《け》があった。かつてここではたらいていただれかに面《おも》ざしがちょっと似《に》ている。

「どういたしまして。」

赤血球《せっけっきゅう》が血小板《けっしょうばん》に手《て》を振《ふ》った、そのとき。

警報《けいほう》が鳴《な》り響《ひび》き、アナウンスが流《なが》れた。

「緊急《きんきゅう》、緊急《きんきゅう》、眼球粘膜《がんきゅうねんまく》付近《ふきん》の排水口《はいすいこう》から、スギ花粉《かふん》のアレルゲンが侵入《しんにゅう》しました。」

「スギ花粉《かふん》？」

この街《まち》は頬《ほお》にあり、目《め》や鼻《はな》に近《ちか》い場所《ばしょ》だ。

初《はじ》めて聞《き》く言葉《ことば》に、はたらきだして間《ま》もない赤血球《せっけっきゅう》がとまどっていたら、背後《はいご》からぴん
ぽーん♪　とちょっぴり頼《たよ》りない音《おと》が聞《き》こえた。

ふり返《かえ》ると、白血球《はっけっきゅう》の好中球《こうちゅうきゅう》がものすごいスピードで駆《か》けつけてくる。白《しろ》い前髪《まえがみ》で右目《みぎめ》
が隠《かく》れぎみの男性《だんせい》で、背中《せなか》には細長《ほそなが》い片刃《かたは》の刀《かたな》――人間《にんげん》の世界《せかい》でたとえるなら日本刀《にほんとう》によ
く似《に》た武器《ぶき》を背負《せお》っていた。

眼光鋭《がんこうするど》い彼《かれ》が雄叫《おたけ》びをあげる。

「どこだ？　どこにいる？　ぶっ殺《ころ》す！　とにかくぶっ殺《ころ》す！」

赤血球《せっけっきゅう》は、なぜかこの白血球《はっけっきゅう》の好中球《こうちゅうきゅう》に既視感《きしかん》をおぼえた。

ぶっきらぼうで、無愛想《ぶあいそう》で、力強《ちからづよ》い瞳《ひとみ》……。

思《おも》わず見《み》つめていると、彼《かれ》がきいた。

「おい、何見《なにみ》てる？」

「あ、いえ……どこかで会《あ》ったことがあるような気《き》がして。」

けれど、そんなはずはない。初対面《しょたいめん》だ。

彼《かれ》の白《しろ》い帽子《ぼうし》につけられた識別番号札《しきべつばんごうふだ》には「８９９６」と書《か》いてある。

赤血球《せっけっきゅう》がとまどっているあいだも、白血球《はっけっきゅう》のレセプターが丸印《まるじるし》の札《ふだ》を高《たか》くかかげ、ぴんぽん♪　ぴんぽん♪　ぴんぽん♪　と鳴《な》り止《や》まない。

「近《ちか》くにいるぞ！」

と、白血球《はっけっきゅう》は抜刀《ばっとう》した。

油断《ゆだん》なく周囲《しゅうい》を見回《みまわ》す……と、宙《ちゅう》から「ス〜ギ〜。」という甲高《かんだか》い鳴《な》き声《ごえ》が降《ふ》ってきた。

街《まち》にいた細胞《さいぼう》たちが、いっせいにそちらに注目《ちゅうもく》する。

背後《はいご》にある細胞《さいぼう》たちが住《す》んでいる高層《こうそう》マンションよりも巨大《きょだい》な、黄色《きいろ》くてぶよぶよした得体《えたい》の知《し》れないものが、マンションとマンションのあいだから顔《かお》をのぞかせ、うごめいていた。

一体《たい》ではない。次々《つぎつぎ》とマンションやビルの後《うし》ろから現《あらわ》れる！

細胞《さいぼう》たちが悲鳴《ひめい》をあげて逃《に》げまどった。

白血球《はっけっきゅう》が戦闘服《せんとうふく》の胸《むね》ポケットから通信機《つうしんき》——人間《にんげん》の世界《せかい》でたとえるならトランシーバーのようなものを取《と》りだし、報告《ほうこく》する。

「こちら白血球好中球課《はっけっきゅうこうちゅうきゅうか》U《ユー》－８９９６番《ばん》。侵入《しんにゅう》したスギ花粉《かふん》のアレルゲンを発見《はっけん》！　これより駆除《くじょ》にむかう！」

別《わか》れがたくて、赤血球《せっけっきゅう》はあわてて彼《かれ》に声《こえ》をかけた。

「あ、白血球《はっけっきゅう》さん……！」

「ん？」

「また……会《あ》えますか？」

いきなり何《なに》を言《い》ったんだ、私《わたし》は、とはずかしくなる赤血球《せっけっきゅう》に、白血球《はっけっきゅう》が無表情《むひょうじょう》で、でも無視《むし》することなくていねいに答《こた》えた。

「……同《おな》じ身体《からだ》ではたらいているんだ。いつかは会《あ》えるさ。」

そのとおり、と思《おも》って笑顔《えがお》になった赤血球《せっけっきゅう》はうなずいて言《い》った。

「じゃあ、また！」

「またな。」

刀《かたな》をかまえると、白血球《はっけっきゅう》はものすごいジャンプ力《りょく》で、ビルからビルへと飛《と》び移《うつ》り、スギ花粉《かふん》へと接近《せっきん》してゆく。

「ぶっ殺《ころ》す、とにかくぶっ殺《ころ》す！」

スギ花粉《かふん》のアレルゲンを一太刀《ひとたち》で斬《き》り倒《たお》す白血球《はっけっきゅう》のたのもしさに元気《げんき》をもらった赤血球《せっけっきゅう》は、運《はこ》んでいた酸素《さんそ》の箱《はこ》にまなざしをむけた。

「よしっ、私《わたし》も！」

箱《はこ》をのせた台車《だいしゃ》を押《お》して駆《か》けだす。

今日《きょう》も、明日《あした》も、あさっても、この体《せかい》のためにはたらく、はたらく、はたらく！

KC DELUXE

小説《しょうせつ》 **ブルーロック** 戦《たたか》いの前《まえ》、僕《ぼく》らは。

蟻生《ありゅう》・馬狼《ばろう》・雪宮《ゆきみや》

絶賛発売中《ぜっさんはつばいちゅう》!!

大人気《だいにんき》
シリーズ!!

原作《げんさく》／金城宗幸《かねしろむねゆき》　小説《しょうせつ》／もえぎ 桃《もも》

“青い監獄《ブルーロック》”入寮前《にゅうりょうまえ》、ストライカーたちのそれぞれの日常《にちじょう》。
原作者《げんさくしゃ》オリジナル、この小説《しょうせつ》でしか読《よ》めない前日譚《ぜんじつたん》。

定価：本体 700 円（税別）

大人気シリーズ!!

『星《ほし》カフェ
シリーズ』

倉橋燿子《くらはしようこ》／作　たま／絵

・・・・・・・・ ストーリー ・・・・・・・・

ココは、明るく運動神経バツグンの双子の姉・ルルとくらべられてばかり。でも、ルルの友だちの男の子との出会いをきっかけに、毎日が少しずつ変わりはじめて。内気なココの、恋と友情を描く！

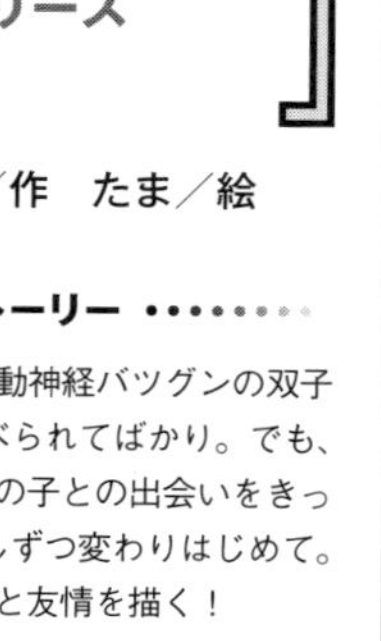

新しい
自分を
見つけたい！

主人公
水庭湖々《みずにわここ》

『小説《しょうせつ》 ゆずの
どうぶつカルテ
シリーズ』

伊藤《いとう》みんご／原作・絵　辻《つじ》みゆき／文
日本《にっぽん》コロムビア／原案協力

・・・・・・・・ ストーリー ・・・・・・・・

小学５年生の森野柚は、お母さんが病気で入院したため、獣医をしている秋仁《あきひと》叔父さんと「青空町わんニャンどうぶつ病院」で暮らすことに。 柚の獣医見習いの日々を描く、感動ストーリー！

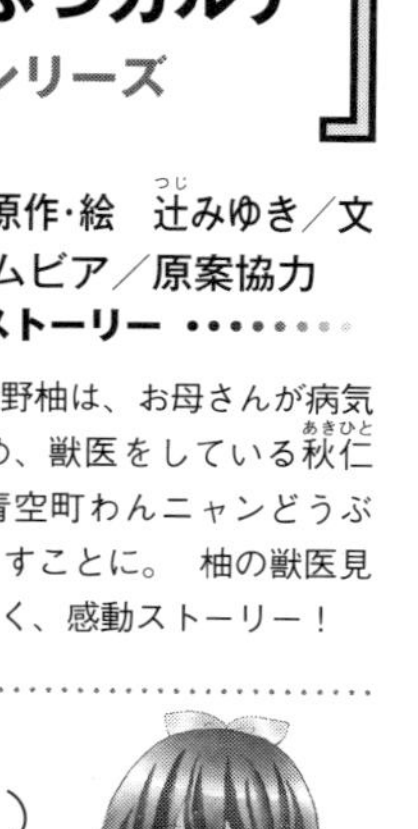

動物ニガテ
なんですけ
ど～～～!!

主人公
森野《もりの》 柚《ゆず》

『ひなたとひかり
シリーズ』

高杉六花《たかすぎりっか》／作　万冬《まふゆ》しま／絵

・・・・・・・・ ストーリー ・・・・・・・・

平凡女子中学生の日向は、人気アイドルで双子の姉の光莉《ひかり》をピンチから救うため、光莉と入れ替わることに‼　華やかな世界へと飛びこんだ日向は、やさしくほほ笑む王子様と出会った……けど!?

入れ替わる
なんて
どうしよう！

主人公
相沢日向《あいざわひなた》

『黒魔女《くろまじょ》さんが通《とお》る‼
&
6年《ねん》1組《くみ》 黒魔女《くろまじょ》さんが通《とお》る‼
シリーズ』

石崎洋司《いしざきひろし》／作
藤田《ふじた》 香《かおり》&亜沙美《あさみ》／絵

・・・・・・・・ ストーリー ・・・・・・・・

魔界から来たギュービッドのもとで黒魔女修行中のチョコ。「のんびりまったり」が大好きなのに、家ではギュービッドのしごき、学校では超・個性的なクラスメイトの相手、と苦労が絶えない毎日！

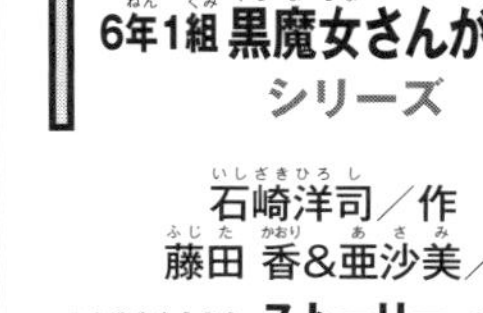
早くふつうの
女の子に
もどりたい。

主人公
黒鳥千代子《くろとりちよこ》
（チョコ）

大人気シリーズ!!

『藤白《ふじしろ》くんのヘビーな恋《こい》シリーズ』

神戸遥真《こうべはるま》／作　壱《いち》 コトコ／絵

ストーリー

不登校だったクラスメイト藤白くんを学校に誘ったクラス委員の琴子。すると、登校してきた藤白くんが、琴子の手にキスを！　藤白くんの恋心は誰にもとめられない!?　甘くて重たい恋がスタート！

藤白くんに
好かれて
こまってます！

主人公
椿森琴子《つばきもりことこ》

『きみと100年分《ねんぶん》の恋《こい》をしようシリーズ』

折原《おりはら》みと／作　フカヒレ／絵

ストーリー

病気で手術をした天音はあと３年の命!?と聞き、ずっと夢見ていたことを叶えたいと願う。それは、″本気の恋″。好きな人ができたら、世界でいちばんの恋をしたいって。天音の″ 運命の恋″が始まる！

やっと
出会えた
運命の恋♡

主人公
鈴原天音《すずはらあまね》

青い鳥文庫

『探偵《たんてい》チームKZ《カッズ》事件《じけん》ノート
シリーズ』

藤本《ふじもと》ひとみ／原作　住滝《すみたき》 良《りょう》／文
駒形《こまがた》／絵

・・・・・・・ **ストーリー** ・・・・・・・

塾や学校で出会った超個性的な男の子たちと探偵チームKZを結成している彩。みんなの能力を合わせて、むずかしい事件を解決していきます。一冊読みきりでどこから読んでもおもしろい！

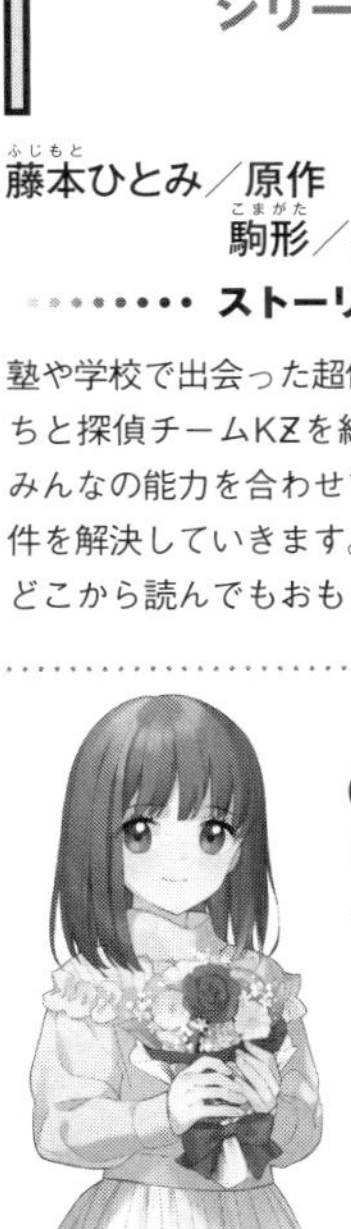

KZ《カッズ》の仲間が
いるから
毎日が刺激的！

主人公
立花《たちばな》 彩《あや》

『恋愛禁止《れんあいきんし》!?
シリーズ』

伊藤《いとう》クミコ／作
瀬尾《せお》みいのすけ／絵

・・・・・・・ **ストーリー** ・・・・・・・

果穂は、男子が超ニガテ。なのに、女子ギライな鉄生《てつお》と、『恋愛禁止』の校則違反を取りしまる風紀委員をやることに！ところが、なぜか鉄生のことが気になるように……。これってまさか、恋!?

わたし
男性恐怖症
なのに……。

主人公
石野果穂《いしのかほ》

大人気シリーズ!!

『ララの魔法《まほう》のベーカリー シリーズ』

小林深雪《こばやしみゆき》／作　牧村久実《まきむらくみ》／絵

ストーリー

中学生のララは明るく元気な女の子。ララが好きなもの、それはパン。夢は世界一のベーカリー。パンの魅力を語るユーチューブにも挑戦中。イケメン４兄弟に囲まれて、ララの中学生活がスタート！

夢は自分のパン屋さんを持つこと。

主人公

夢咲《ゆめさき》ララ

『若《わか》おかみは小学生《しょうがくせい》！ シリーズ』

令丈《れいじょう》ヒロ子《こ》／作　亜沙美《あさみ》／絵

ストーリー

事故で両親をなくした小6のおっこは、祖母の経営する温泉旅館「春の屋」で暮らすことに。そこに住みつくユーレイ少年・ウリ坊に出会い、ひょんなことから春の屋の「若おかみ」修業を始めます。

どんなお客様も笑顔に！

主人公

関《せき》 織子《おりこ》

（おっこ）

『エトワール!シリーズ』

梅田《うめだ》みか／作　結布《ゆう》／絵

・・・・ ストーリー ・・・・

めいはバレエが大好きな女の子。苦手なことにぶつかってもあきらめず、あこがれのバレリーナをめざして発表会やコンクールにチャレンジします。バレエのことがよくわかるコラム付き！

ずっとバレエを
踊って
いきたい！

主人公　森原《もりはら》めい

『氷《こおり》の上《うえ》のプリンセスシリーズ』

風野《かぜの》 潮《うしお》／作　Nardack《ナルダク》／絵

・・・・ ストーリー ・・・・

小5の時、パパを亡くしフィギュアスケートのジャンプが飛べなくなってしまったかすみ。でも、一生けんめい練習にはげみます。「シニア編」も始まり、めざすはオリンピック！ 恋のゆくえにも注目です♡

何よりも
フィギュアが
大好き♡

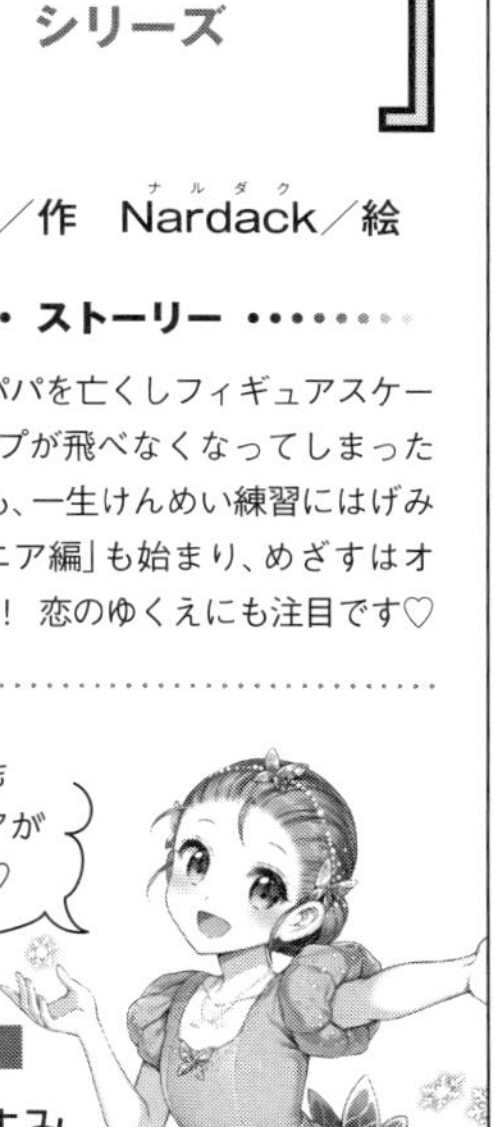

主人公　春野《はるの》かすみ

大人気シリーズ!!

『それは正義《せいぎ》が許《ゆる》さない！シリーズ』

藤本《ふじもと》ひとみ／原作　住滝《すみたき》 良《りょう》／文
茶乃《ちゃの》ひなの／絵

ストーリー

七鬼家《ななきけ》の次の当主・忍《しのぶ》の警護係に採用された３人の女子中学生。志願した理由は、みんな忍に恋してるから！　さらに３人には秘密が……。次々に起こる謎の事件を解決して、「忍様をお守りします！」

警護係
がんばるぞ！

主人公
桃子《ももこ》

『人狼《じんろう》サバイバルシリーズ』

甘雪《あまゆき》こおり／作　ｈｉｍｅｓｕｚ《ひめすず》／絵

ストーリー

謎の洋館ではじまったのは「リアル人狼ゲーム」。正解するまで脱出は不可能。友を信じるのか、裏切るのか──。究極のゲームの中で、勇気と知性、そして本当の友情がためされる！

狼は誰だ!?
絶対に
負けない！

主人公
赤村《あかむら》ハヤト

『怪盗《かいとう》クイーン シリーズ』

はやみねかおる／作　Ｋ2商会《ケーツーしょうかい》／絵

ストーリー

超巨大飛行船《トルバドゥール》で世界中を飛びまわり、ねらうは「怪盗の美学」にかなうもの。そんな誇り高きクイーンの行く手に、個性ゆたかな敵がつぎつぎとあらわれる。超ド級の戦いから目がはなせない！

主人公

クイーン

『トモダチデスゲーム シリーズ』

もえぎ 桃《もも》／作　久我山《くがやま》ぼん／絵

ストーリー

久遠永遠は、訳あってお金持ち学校に入れられた、ぼっち上等、ケンカ最強の女の子。夏休みに学校で行われた「特別授業」は、友だちの数を競いあうサバイバルゲーム!?『ぼっちは削除だ！』

主人公

久遠永遠《くどうとわ》

この講談社KK文庫を読んだご意見・ご感想などを下記へお寄せいただければうれしく思います。なお、お送りいただいたお手紙・おハガキは、ご記入いただいた個人情報を含めて著者にお渡しすることがありますので、あらかじめご了解のうえ、お送りください。

〈あて先〉
〒112−8001 東京都文京区音羽2−12−21
講談社青い鳥文庫編集気付 時海結以先生

この本は、映画『はたらく細胞《さいぼう》』（2024年12月公開）をもとにノベライズしたものです。

★この作品はフィクションです。実在の人物、団体名等とは関係ありません。『はたらく細胞』は生物学、免疫学などから着想を得た作品ですが、物語の特性上、学術的な事実とは異なる点があります。

JASRAC 出 2407641-401

講談社KK文庫

はたらく細胞《さいぼう》 映画《えいが》ノベライズ

2024年11月22日 第1刷発行（定価はカバーに表示してあります。）

原　作 清水茜《しみずあかね》『はたらく細胞』（「月刊少年シリウス」所載）
原田重光《はらだしげみつ》・初嘉屋一生《はつよしやいっせい》・清水茜《しみずあかね》
『はたらく細胞BLACK』（「モーニング」所載）

文 時海結以《ときうみゆい》

装　丁 脇田明日香
発行者 安永尚人
発行所 株式会社 講談社
〒112−8001 東京都文京区音羽2−12−21
電話 編集 東京(03)5395−3536
販売 東京(03)5395−3625
業務 東京(03)5395−3615

印刷所 株式会社新藤慶昌堂
製本所 株式会社国宝社
本文データ制作 講談社デジタル製作

N.D.C.913 223p 18cm Printed in Japan ISBN978-4-06-537586-0